再會貝多芬

中山七里

Contents

もういちど
ベートーヴェン

中山七里

I

Etouffer insensiblemente

エトゥッフェ インセンシブルメンテ

～壓抑而冷漠地～

音を殺して　冷淡に

1

沒有前奏，貝多芬的《第三〇號鋼琴奏鳴曲》突然開始了。

連綿不斷的流暢演奏，忽然放緩速度停佇下來。音色宛如行走水面般優雅而幻想。這首樂曲的第一樂章，原本就是將不同的速度、節拍融合為一，具備兩種不同的性格。正因為如此，才格外撥弄聽者的心弦，將聽者引入幻想境界。

重重的一擊之後，接續的是和緩的旋律。第九小節出現的第二主題，是與第一主題大異其趣的表情豐富的慢板。委身在思索風味十足的旋律裡，會讓人想要永遠浸淫在這樣的悅樂之中。

高出一個八度的第一主題。接著旋律困惑地四散，重現出加上變化的第二主題，將音符聚攏在一起，繼續前進。這亦是兼具不同速度與節拍的樂曲的特色。

以為消失了，復又浮現，以為浮現了，又幾近消失。第八十六小節開始的尾聲，有種彷彿漫步於冬季森林的靜謐。

這份靜謐特別美好。不是如臨絕望深淵的死寂，也沒有絲毫的猶豫與後悔，這種充滿自信與慈愛的靜謐份外美好。

琴音逐漸變得細微，四分多鐘的第一樂章安靜地落幕了。

沉醉於樂曲的天生高春忍不住吐出滿足的嘆息。不能小看了隨身聽，即使是透過耳機，也能充分傳達出貝多芬的精彩。尤其是第三〇號鋼琴奏鳴曲的第一樂章，想要平定心緒時，能發揮出超越鎮定劑的效果。直到上一刻仍激動難平的心情，現在已靜如止水。

他聽同為司法研習生的朋友說，也有人會用隨身聽落語[1]。理由好像是古典落語的內

1 落語為日本傳統說話藝術，類似單口相聲。

容結構邏輯分明，最適合用來理解法學理論。但對天生來說，遇上關鍵時刻，他還是會聆聽最心愛的貝多芬。

第二樂章的音符蹦跳起來的瞬間，天生按下停止鍵。如果能夠，他想聽完整個樂章，但研習所就在眼前了。

他取下耳機，站在建築物正面。

他超過十年以上的目標——司法研習所。辦公大樓五棟，集訓大樓三棟，研習大樓一棟，加上體育館和操場，廣大的占地威懾了觀者。這也是當然的，因為這裡是這個國家一切司法機關的登龍門。

天生跨出腳步之前，先深吸了一口氣。四月的空氣帶著櫻花的殘香，讓心胸一片清爽。

好了，自己的夢想即將從這裡展開。受盡父母嘲笑，每回落榜，便遠離他一步的夢想，終於在這天實現了。

萬中選一者的恍惚與不安貫穿全身。

是緊張的顫抖嗎？肩膀哆嗦了一下。現實的是，原本平定下來的心情，又再次亢奮起來了。

總之得跨出去才能開始——在激烈的悸動陪伴下，天生穿過了研習所的大門。

二〇〇六年四月，對天生來說，世界充滿了祝福。

埼玉縣和光市司法研習所是最高法院的附屬機關，精確一點地說，它建於橫跨東京都練馬區大泉學園町與和光市南二丁目的舊美軍朝霞營區舊址的東南部。分為進行法官研習的第一區，以及司法研習生受訓的第二區，通過司法考試的研習生，當然都被放進這第二區。

研習時間為期一年四個月。這段期間，研習生會徹底學習民事訴訟、刑事訴訟、檢察、民事辯護、刑事辯護這五個科目的課堂授課及現場實務。他們將透過這段研習，瞭解自己的適性，各別選擇成為法官、檢察官或律師的道路。

依據各人的適性選擇出路是理所當然，但事情並非如此單純。一般的傾向是，景氣好的時候，更多人選擇當律師，而不景氣的時候，法官、檢察官更受歡迎。天生覺得這太可笑了。這不是該以收入多寡來決定方向的世界。再說，景氣好壞，只要過個五年就會翻轉了，不是嗎？

自從立志進入法界以來，天生就全心全意只想成為檢察官。他不想當法官，也不想當律師。在衣領別上「秋霜烈日」的檢察官徽章，在法庭上打倒巨惡——他無法想像除此之外的未來。

儘管天生卯足了勁，始業式本身卻平淡無奇。

「各位第六〇期的研習生好，恭喜你們加入。從本期第六〇期開始，研習期間從上期的一年六個月，縮短為一年四個月。這主要是來自於司法現場的要求，但課程本身經過濃縮，也不無關係。但是當然並非愈短愈好……」

益子所長的致詞從頭到尾都是枯燥無味的說明，絲毫沒有大學校長訓詞那種慷慨激昂，讓天生感到落空。

不該是這樣的！

他重考了三年，好不容易才考上，真希望典禮能更激起萬丈雄心。

然而天生的期待沒有得到滿足，典禮在教師介紹及各設施的使用注意事項中順利結束了。

好吧，算了。

愈是有鬼的組織，愈喜歡鋪張的典禮不是嗎？照這個道理來看，始業式平淡到家的司法研習所，可以說再正派不過了。

始業式結束後，天生這群研習生前往各教室。

根據事前說明，研習生被分成二十個班級，每一班約有七十人，也有人抱怨「大學都畢業了，還要分班喔？」但考慮到教室能夠容納的人數，分班是很合理的做法。

進入教室以後，天生又為那一絲不苟的景象說不出話來。

教室呈磨缽狀，從講台可以看見每一名研習生的臉。牆壁全是白色的，看不到任何多餘的裝飾或海報，徹頭徹尾是為了聆聽課程而建。這樣的徹底令人爽快。

學員各自找位置坐下，一名臉頰削瘦的男子走上講台。天生還記得剛才教師介紹中提到的名字，是負責檢察科目的蒲原弘道。

「好了，各位。」

與那身清瘦的體格相反，聲音嘹亮。即使不用麥克風，應該也能輕鬆傳到最後一排。

「從今天開始的一年四個月的時間，正確地說，中間有一年的實習，因此是上學期兩個月，下學期兩個月的時間，你們是這間教室的俘虜。或許你們會覺得俘虜這個字眼太老派，但進入下學期後，每個人應該都會覺得再貼切不過。因為不必我提醒，大家都知道還有『複試』在磨刀霍霍地等著你們。」

天生知道，研習生的表情都緊張起來了。

俗稱的「複試」，是正式名稱為司法研習生考試的國家考試，相當於司法研習所的畢業考。好不容易通過司法考試，放下肩頭重擔，結果還得再參加這場難關大考，所以才會被稱為「複試」的樣子。雖然大部分的研習生都能通過，但還是會有人被刷下來。

「以原則來說，『複試』可以連續考三次，但還是不合格的話，會被強制退學。」

如此一來，又得重新報考司法考試。幾乎所有的研習生都能通過「複試」，就是因為有著如此悲慘的後果在等待。

「還有一點。除了『複試』未通過以外，還有其他會強制從研習所退學的狀況。也就是根據法院法第六十八條，最高法院開除司法研習生的情況。」

通過司法考試的人都知道這項條文。法院法第六十八條——司法研習生行止不檢，或有其他最高法院認定之事由，最高法院得將其開除。

「超速等交通違規也一樣，對於違反專心研習義務的部分，特別從嚴認定。為了你們自己的將來著想，研習期間，即使是恩師或母校介紹，也千萬不可以兼差打工。」

幸而司法研習生的身分相當於準國家公務員，國家會支付等同於國家公務員一種考試合格者的薪資二十萬四千二百圓，以及各種津貼。雖然不用像窮學生一樣成天打工，但更要求嚴以律己。

「醜話我就說在前頭了，但反過來說，除了上述兩點之外，沒有特別嚴格的地方。研習大樓才剛落成不久，師資也都經驗豐富。以培養未來的法界棟樑的地點來說，無可挑剔。順帶一提，餐廳的菜色也很棒。」

底下傳出輕笑聲。餐廳的餐點是由國庫經費提供，菜色自然便宜又美味。

「剛才始業式已經介紹過我了，我就不重複了。這次換你們自我介紹。從下排右邊開始，報上自己的姓名年齡，最好加上一點自介。」

被指名的研習生彈起來似地起立：

「日比谷康一，二十四歲。東大法律系畢業，重考一年考上了。興趣是將棋。」

「矢本有可里，二十六歲。今年春天以前，都在律師事務所上班。興趣是……呃，揪出別人的缺失，所以我立志要當檢察官！」

「古舞健二，三十二歲。喔，雖然我頭禿成這樣，但還是個三十多歲的青年。因為每次落榜，髮線就跟著後退一些。請多指教。」

「脇本美波，年紀……保密。我本來在某家公司當會計，但正準備揭弊的時候，就遭到裁員了。我這才為時已晚的感到自己太缺乏法律知識，報名了司法考試。」

研習生之間傳出細微的譁然聲。

「很有趣。」

蒲原老師瞇起眼睛說。

「妳的經歷很有意思，晚點告訴我詳情吧。下一個。」

「揉井建夫，二十八歲。我本來是高中老師，但因為一起糾紛，被剝奪了教職。我想要為自己申冤，證明清白，所以才會立下決心，投身法界。」

「我叫羽津五郎，是已經快四十的大叔了，直到今年三月，都在汽車廠商的廣告宣傳部工作。家裡有妻子和三個孩子。啊，還有一隻狗。」

「立花史江，四十三歲，家庭主婦。」

天生看著一個個站起來的研習生，感動不已。始業式的時候他就有這種感覺，不過這些同學們，來歷真是多彩多姿。有重考生、律師事務所職員，甚至還有上班族和家庭主婦。不同於大學入學考，報考司法考試的動機本身就極為多元，因此經歷多彩，也是當然的，不過班上的同學每一個都很獨特。真正是五花八門。

很快就輪到天生了，他站起來：

「天生高春，二十六歲。立志成為檢察官，倒不如說，我只想當檢察官。」

蒲原老師露出訝異的表情，笑道：

「只想當檢察官嗎？一開始就這樣昭告天下，接下來的實務會寸步難行喔。」

「但我已經決定了，沒辦法。」

就算別人覺得他囂張也無所謂。如果不把自己逼到這種程度，豈不是就沒辦法成為理想中的自己嗎？

從蒲原老師的態度來看，他似乎並未感到嫌惡。天生頗為滿意，坐了回去。

接下來又有三個人自我介紹，然後——

「岬洋介，二十三歲。」

包括天生在內，應該所有的人都對這個名字起了反應。那個人站在教室中段靠中央的位置。

體格和天生差不多，並不特別魁梧。站姿顯得相當女性化，是因為沒有運動健將特有的多餘肌肉吧。不過也不是司法研習生常見的乾瘦體格，散發出連同性都為之著迷的毅然氣質。

那張面容比身形更引人注目。五官就像女人一樣端正，卻兼具連嫉妒都顯得可笑的高貴。身在一群難說是俊男美女的研習生之中，甚至彷彿只有他所在的地方打上了聚光燈。

但眾人的目光會聚集在他身上，並非因為他出眾的外表。因為早在他報出名字以前，絕大多數的研習生就半被迫式地得知了他的名字。

岬洋介，司法考試榜首。

當然，不會因為是榜首，姓名就被公開。但是在網路社會的現代，特出的消息，總是會從某人的口中洩漏出來。網路上有個司法考試的匿名論壇，關於這次的榜首的各種消息，也討論得沸沸揚揚。

匿名留言的人裡面，也包括了顯然是內部的人。岬洋介的名字會成為話題焦點，也是因為那個人的留言所引發。留言不光是提到岬洋介的榜首身分，還提到了他的來歷，他似乎是現任檢察官的兒子。

只要有這點資訊就足夠了。姓岬的檢察官並不多。很快地，一名網友就查到了名古屋地檢的岬恭平檢察官。在名古屋地檢，他似乎被稱為王牌檢座。

是純種馬！——分不出是嫉妒還是稱讚的聲浪四起。當然，司法考試沒有私情介入的餘地。奪得榜首，是他的實力，考試也沒有不公。但如果父親是現任檢察官，他一定擁有得天獨厚的環境，可以全心準備司法考試。

令人恍然的吻合，卻也激起了不公平感。與其說是不公平感，更應該說是對一開始就走在康莊大道上的人的眼紅。受到菁英檢察官父親的薰陶，從未經歷過挫折與苦惱，順利爬上成功階梯的年輕司法研習生。匿名論壇上火熱討論他到底是個怎樣的傢伙，直到現在這一刻。

話題人物伴隨著實體，降臨現實世界了。

「哦？你就是岬嗎？」

蒲原老師似乎也對岬表示興趣。

「我聽說過你的事。」

「是什麼事呢？」

「你不用知道。不過不是什麼壞事，你不必介意。」

蒲原老師不知為何滿意地點了點頭，也不顧這種態度會引起其他研習生的反感。

「你不用自我介紹一下嗎？」

「我沒有什麼值得介紹的。」

真討厭的傢伙，天生想。憑你的身世，可以宣傳的材料兩手兩腳都數不完吧？

岬坐下，換下一個人自我介紹，但眾人的意識好半晌仍未從席捲教室的旋風中歸來。

一班七十人，但老師要求更進一步分組。似乎是因為研習初期，小組討論很有幫助，也最適合加深同學情誼。這好像是上期沒有的制度，包括縮短研習期間在內，證明了司法研習所每年都在變化。

構成小組的四名成員以抽籤決定。天生那一組立刻在教室角落集合。這讓人回想起國高中時的分組活動，教人靦腆，但老師的指示必須聽從。

「我是天生高春，請多指教。」

「我是脇本美波。」

「我叫羽津五郎。」

自介完畢的三人，目光集中在最後一人身上。

沒想到會和他同一組。自己的籤運到底是有多差？

「我是岬洋介。」

岬頷首致意。理所當然，不管在班上還是在小組，他都是最年少的一個，再怎麼謙卑有禮都不為過。

但前提是撇開他的能力和背景不談。奪得榜首的腦袋，加上有現職檢察官的人脈，這樣一個人即使端出低聲下氣的態度，也有可能被解讀為有禮無體。

「沒想到會跟你同班又同組。」首先發難的是美波。「我完全猜不到岬洋介會被分到哪一個研習所，一直很想見見你的廬山真面目。請多指教。」

「請多指教。」

接著羽津說：

「我也是。自從榜單公布那天開始，司法考試的匿名論壇上，沒有一天看不到你的名字。大家都在討論你是哪一所大學畢業的、有沒有人能ＰＯ出你的照片。好一陣子——不，就算是現在，岬同學都是六〇期的大明星。」

「絕對沒有這種事。」

天生覺得岬未免否定得太用力了，沒想到他的臉都燒起來了。

「在網路上，無風也會起大浪。大部分都是毫無根據的道聽塗說，是不負責任的流言。」

「可是我看到有人說，不管是短答還是論文考試，你都拿到了接近滿分的分數。不只是榜首而已，還是近年難得一見的超群成績，所以消息才會從相關人士那裡傳出來。有許多人都如此分析。你可以為自己驕傲。」羽津說。

岬的答案接近滿分，這完全只是傳聞。天生等於是不期然地遇上了可以確定傳聞真偽的場面，但岬卻不知為何，只是一臉痛苦，不願回答。不，應該是因為這件事無從否定，所以他的成績將近滿分，應該不完全是流言。因此天生忍不住玩笑地說：

「如果說網路上都是一些不負責任的道聽塗說，那麼趁這個機會，把你的身家全部抖出來怎麼樣？」

包括岬在內的三個人，都傻眼地看向天生。

「或許你很不願意，但總比起莫須有的流言四處傳播要來得好吧？」

天生以為岬會笑或是生氣，結果兩邊都不是。

「不管怎麼樣，被人談論，我真的很困擾。」

他看起來是真心困擾的樣子。

「為什麼？受人談論又不是什麼壞事。甚至有人為了成為話題人物，不惜犯罪呢。」

岬猶豫了一下，怯怯地反問：

「你們不就是為了設法減少那樣的人，而來到這裡嗎？」

「聽你那說法，好像你參加司法考試的目的與我們不同？」

雖然不是因為立志當檢察官的緣故，但天生從以前就對反駁他人很有自信。

而且他也想逼一下故作清高地說什麼不想被人談論的岬。凌厲地駁倒司法考試榜首，這可是往後不可能再有的機會。

「每個人來到研習所的理由各不相同，但想要成為法界一員的動機都是一樣的。想要打倒社會的惡行，扶貧助弱，實現社會正義。當然，司法人員的地位與生活有一定程度的保障，這也是重要的理由之一啦。岬同學，難道你不一樣嗎？」

岬尋思了一陣，最後別開了目光：

「嗯，我報考的動機沒有各位那麼大義凜然。」

「那是什麼動機？告訴我們啦。」

「饒了我吧。說出來一定會讓你們不舒服，如果你們不舒服，我也會覺得不舒服。」

「這傢伙怎麼這麼不乾不脆？」

天生還想糾纏下去，美波制止：

「你幹麼一直針對人家啊？你跟岬同學是有什麼仇嗎？」

「好啦好啦，接下來一年四個月，咱們四個人都要吃同一鍋飯，好好相處吧。你們兩個，聽到了嗎？」

加上年長者羽津的仲裁，天生等於是百般不願地罷手了。岬露出得救的表情，向羽津頷首。

但老實說，天生也一樣被羽津救了一把。要是放任他繼續說下去，可以推測有極高的機率，他會指責起岬來。會在始業式第一天就在眾人面前暴露出幼稚的性情，惹來令人掩面的結果。

換句話說，初次見到的岬洋介這個人，是在各方面都教人不爽的傢伙。

和光的研習所有兩處宿舍，法官研習生住的「光樓」，和來自外地的研習生住的「泉樓」。雖然住宿有「來自外地」的條件，但聽說只要老家不在和光市內，申請都會通過。泉樓有上百個房間，應該可以容納幾乎全部的研習生。

天生的搬家業者行程配合不上，撞上了始業式。原本應該要先搬進宿舍後，再參加始業式，結果變成始業式結束後，才在搬東搬西。

宿舍禁止用火，因此能使用的暖器和調理電器自然有限。研習大樓有餐廳和商店，不需要自煮。也有書桌和床鋪，研習生只要準備寢具和換洗衣物等生活基本用品就行了。

但也不是不開伙，家當就沒剩幾樣。尤其司法研習生必備的專業書籍數量龐大，光是書就有好幾箱。天生亦不例外，搬家業者在卡車和房間之間多次往返。

「這是最後一箱了。」

搬家工人扛著紙箱來到房間前面時，犯下了意外的疏失。他一腳絆到走廊上的高低差，整箱東西掉了下來。

甚至還來不及大叫，箱裡的東西就灑了一地，一疊疊的文庫本和ＣＤ塞滿了走廊，幾乎連落腳的地方都沒有。

「啊！天哪，真是太對不起了。」

搬家工人伸手要撿拾，天生急忙制止。ＣＤ是他的寶貝收藏，要是再被粗魯地對待，弄壞盒子，他可承受不了。

「啊，沒關係，我自己收。」

「這樣啊，那就麻煩你了。其實接下來還有別的客戶在等……」

搬家工人抓緊機會，逃之夭夭地下樓去了。走廊上只剩下天生一個人，但這本來就是他自己的東西，他靜靜地開始撿拾書本和ＣＤ。

然而，一隻手侵入了他的視野。轉頭一看，是岬蹲了下來，小心謹慎地將ＣＤ盒抱在懷裡。

「我來幫忙。」

那語氣太自然了，天生也不好拒絕。

「不好意思。」

「不會，我就住你隔壁。」

他隨口說出頗讓人心驚的消息。

「請多指教。」

這話也被搶先了，害天生更不好冷漠相待了。

「搬家工人把整箱東西弄掉了。」

天生為了掩飾害臊，用下巴比了比內容物掉出來的紙箱。結果岬只瞥了一眼就說：

「啊，那樣不行。」

「什麼東西不行？」

「箱底是十字交叉對吧？」

「是啊，比起用膠帶封底更牢固吧？」

「不，箱底在交叉的時候，要先彎折不是嗎？結果折痕會讓底部容易鬆脫。搬家的時候必須用手按住箱底，所以搬家工人都不喜歡這種封箱法。如果注意力放在手上，就會疏忽了腳下。」

那麼，剛才的搬家工人會不小心絆到，最根本的原因是紙箱的封法有問題嗎？

「可是只用一條膠帶貼起來，不是更危險嗎？」

「紙箱的重量容易集中在正中央，所以封底的時候，膠帶要貼成十字。這樣一來強度就會增加，絕對不會鬆脫。」

「你怎麼這麼清楚？做過搬家打工喔？」

「我沒有打過工，但是在裝箱這方面，我是專家級的。因為從小學的時候開始，我們家就成天搬家。」

「……因為父親工作的關係嗎？」

「每隔三年，快的時候間隔更短，我不停地轉學、轉學又轉學。所以我有很多同學。」

「這是值得炫耀的點嗎？」

「不拿來炫耀的話，實在很難接受。」

不知幸或不幸，天生的父母都算是自營業，他從來沒有經歷過轉學。小學的時候，他也嚮往過轉學生這個身分，但自從聽到每一所學校用的教科書和校規都不一樣，反而開始覺得轉學很煩了。

「一定很辛苦吧？」

「我要自己別這麼想。」

平淡的口吻，聽起來也像是在逞強。

「我可以問個冒昧的問題嗎？」

「如果真心覺得冒昧，就不會問了吧？」

「你說同學很多，那你有朋友嗎？」

「高二的時候有一個。至少我把他當成朋友。」

直到不久前對岬抱持的敵意，開始產生了變化。

收拾了一陣以後，岬又喃喃開口：

「ＣＤ全是貝多芬呢。交響曲、協奏曲、弦樂四重奏、鋼琴奏鳴曲，知名的作品都有。」

「我喜歡貝多芬。不管是他的曲子，還是他本人都一樣喜歡。有些歷史家把他定位為浪漫派的先驅，但我認為他的成就更偉大，是個了不起的思想家。」

「思想家嗎？」

「他的交響曲和鋼琴曲帶有明確的意志，要打破因循守舊，將音樂從貴族的手中奪回給民眾。這不叫思想，還能叫什麼？」

「你真的很喜歡他。」

「不，這無關喜歡或討厭，貝多芬是我的指針。」

一直到最近，都完全沒有機會向別人談起貝多芬。不知不覺間，天生愈說愈起勁。

「樂曲也是如此，貝多芬的人生，就是一部對抗的歷史。與宮廷音樂家對抗、與私生活對抗、與失聰對抗。不管面對什麼樣的挑戰，貝多芬都絕不退縮。他已經超越了作曲家或樂聖那些，是我心目中的英雄。」

「這樣啊。」

岬沒有共鳴也沒有感慨，而是有些落寞地笑。從這樣的反應，天生認定他對古典音樂或貝多芬都沒什麼興趣。

「我進去你房間囉。」

岬抱著一疊ＣＤ，進入天生的房間。

泉樓的宿舍房間，每一間格局應該都一樣，裝潢很現代，只是在混凝土牆釘上壁材。也有些研習生說簡直像監獄單人房一樣沉悶，但天生覺得這樣的不矯飾，很有司法研習所的味道，他很喜歡。

「你住我隔壁對吧？那搞不好音樂聲會吵到你。」

「房間是混凝土厚牆，隔音效果應該不錯。而且一點聲音吵不到我的。」

「如果你也喜歡聽音樂就好了。」

「不，」岬搖了搖頭。就連這點動作都如詩如畫，到底是怎麼回事？「我這人沒有休閒嗜好。」

「可是這要是我們，就會玩個電動或追個星，就算是司法研習生，也需要一點調劑吧？」

「調劑嗎？」

天生只是隨口一問，岬卻似乎嚴肅沉思起來了。

「對不起，我一時想不到有什麼。」

「我可以看你房間嗎？」

「也沒什麼好看的。」

因為岬沒有拒絕，天生打開隔壁房間的門。由於已經先搬進來了，岬的房間都整理好了。

不，整齊過頭了。

整面牆壁的鐵架書架上，法學相關專書依高度擺放。只是這樣的話，司法研習生大部分都是如此，但異樣的是看不到任何一冊法學以外的書籍。不光是書架而已，環顧整個房間，別說海報了，連個月曆都沒掛。也看不到任何小物或模型，而且沒有電視，也沒有音響，連脫下來隨手放置的衣物都沒有。沒有一絲生活的氣味，是感覺不到人味和體溫的房間。

「……我可以再問個問題嗎？」

「請。」

「搬來這裡以前，你的房間就是這樣嗎？」

「差不多。」

想要不重考，一舉拿下司法考試榜首，就必須像這樣排除一切休閒嗜好，全心全意為考試衝刺嗎？天生恍然大悟，卻也同情起岬來了。他一定是犧牲了交女友、聽音樂這些同齡的人都在享受的一切娛樂，在準備考試吧。否則不可能拿到幾乎滿分的分數。

對岬的敵意不知不覺間煙消霧散了。

「住隔壁，又是同組，這也算是緣份吧。」

天生這麼說，岬聞言露出極親人的笑容來。

儘管是同性，天生卻忍不住有些臉紅，這讓他方寸大亂。

2

也因為房間就在隔壁，天生和岬接觸的機會一下子多了起來。每回接觸，天生對岬的第一印象便逐一被顛覆。

應屆考上榜首，父親是名古屋地檢的辣手現職檢察官。親自看到本人，是個俊美得幾乎讓人想扔石頭的翩翩美男子——真正是人無完人的反例，他覺得和岬不可能話投機。

然而岬這名好青年不管在好或壞的意義上，都非常古怪。

首先他近乎絕望地缺乏自覺。他完全沒發現自己的長相擄獲了女生芳心的事實，也不想去發現。

即使直到昨天，都滿腦子耽溺於六法全書或參考書，但事關異性。不只是同班女生，連其他班級的女研習生都開始關注岬了。鶴立雞群這個比喻連自己都覺得可悲，但岬在他們當中就是如此醒目，無可奈何。一起經過走廊，女生都會回頭，不管在教室還是餐廳，都會受到女生熱烈的注目禮。

「跟你一起吃飯，有時候會害我陷入味覺障礙。」

在餐廳吃親子丼時，天生半帶玩笑地說。但岬本人卻只是一臉怔愣，完全不得要領。

「那太糟糕了。你是最近勉強節食，還是遇到什麼重大壓力嗎？我聽說保健食品或鋅好像很有效。」

「呃，我不是那個意思。是周圍的目光太令人在意了，沒辦法專心吃飯。」

「有人在拍攝我們吃飯的樣子嗎？」

「啊，你也知道有人在看啊？」

「當然知道啊。一定是在跟自己的餐點做比較吧。」

「……到底要怎樣才能想得那麼拐彎抹角？你就沒想過別人是在看你的可能性嗎？」

「別人沒有理由看我。」

「你是眾人的目標。」

「連出路都還沒有決定呢。」

「不是在講那個啦……啊，搞不好意外地是這樣呢。長得帥，父親是現職檢察官，本人又前途無量的話，一定會有一堆女人想要先下手為強。」

「啊，原來是在說這個嗎？」

岬似乎總算理解了。

「我聽說過類似的事。研習結束後，就會被分發投入實戰。法官、檢察官和律師的工作都很忙，工時很長，所以聽說如果愣頭愣腦的，一眨眼就會錯過適婚年齡了。所以聰明的人都會趁研習期間先找到對象。」

「雖然有點偏離，不過就是這麼回事。然後，你是大家的目標。」

岬舉起雙手，就像在表示投降：

「如果天生同學的推測正確，那他們的眼光也太差了。世上再也沒有人比我更不適合結婚了。」

「怎麼說?」

「我這人很隨便,情緒不穩定,而且毫不體貼。」

天生以為岬是在開玩笑,要不然就是挖苦或自卑,但從他的表情來看,似乎是真心話。所以他更覺得莫名其妙了。隨便的人不可能考到司法考試榜首,情緒穩不穩定他不知道,但不體貼的人,怎麼會建議眼前的人服用保健食品或鋅?

還有,岬的知識十分偏頗。說到知識偏頗,自己這些司法研習生也沒臉說別人,但岬的偏頗程度卻是出類拔萃。

比方說,他在物理法則或化學實驗方面的知識,可以媲美專門教師,但是在哲學、歷史及宗教方面,有些連基礎知識都沒有。他居然連齊克果是誰都無法當場回答。相對於自然科學,人文科學的知識量壓倒性地匱乏。

「真的太偏頗了。」

和岬聊過幾次的美波似乎整個傻眼。

「除了人文科學,你對政治經濟那些也完全沒興趣對吧?」

「和法律直接相關的部分另當別論。」岬一副理所當然的態度回應。「不過三權分立的大原則我還知道。」

「別做那種小學生水準的辯解。還有，聽說你房間呆板得可怕？」

「房間只是用來看書睡覺的地方而已。」

「你對偶像或藝人都沒興趣嗎？」

「我連誰很紅、流行什麼都不知道。」

「等等，就算是司法研習生，最起碼也會看個歌唱節目吧？」

「我家沒有電視。」

聽到這個回答，不只是美波，在場所有的人都張大了嘴巴。

「是為了準備司法考試嗎？」

「不是，從我懂事的時候開始，家裡就沒有電視。我爸媽好像都不太喜歡電視。」

「這樣生活不會有問題嗎？」

「我家有訂報，所以社會動向那些都能掌握。雖然會跟不上同學的話題，但也不記得有多困擾。」

與其說是沒有困擾，應該只是本人毫無自覺罷了吧？

「……真想看看你青春期是什麼樣子。」美波說。

「不好意思，青春期我也沒什麼記憶。」

只有這個回答莫名地讓人信服。天生甚至無法想像岬臉上長著青春痘，為異性煩惱的模樣。

第三點，他雖然神經纖細到近乎異常，卻又粗枝大葉到讓人難以置信。

有一次，岬一看到羽津就說「你昨天回家了呢」。

羽津聞言嚇一大跳：

「對，因為有點急事，所以我回家一趟了。不過我只回去幾小時而已，而且沒有告訴任何人。」

岬說是羽津的鞋子露了餡。

「你的鞋子上有狗毛。研習所裡沒有校狗，狗也不太會去磨蹭陌生人的腳，但飼主的話另當別論。自我介紹的時候，羽津同學說家裡有養狗，所以我猜想你可能暫時回家過。」

這樣聽來，是很單純的推理，但如果不是岬主動揭曉，會讓人訝異他是不是有千里眼。然而觀察力如此入微的本人，有時甚至會穿著左右不同花色的襪子出門。

凡事皆是如此，聰慧伶俐的秀才這個第一印象，不知不覺間被帶有幼兒性的天才這個印象所取代了。帶有幼兒性這樣的但書，是基於他對男女間細微的感情實在生疏到了極點。但這方面的問題太私人了，天生也不好過問，但他甚至懷疑岬的性知識會不會也是小學生水準。美波和羽津又不是人家爸媽，卻也認真為岬憂心。

「不過，這種事事到臨頭，畢竟是男女，肉體會自然反應，皆大歡喜。但岬同學的情況，比起本人的經驗有無，問題更應該是缺乏基礎知識吧？」羽津說。

「就是啊。不管是強姦還是家暴，與性虐待有關的犯罪，除了犯罪樣態以外，還有被害狀況的細節。即使只是單純的知識也好，若是毫無概念，在進行判斷時，會出現嚴重的脫節。」

「不知道有沒有哪位奇特的女士願意為他傳授這方面的知識。」

據說羽津說出這話的瞬間，一股危險的氛圍籠罩了在場的女研習生。

因為是司法研習生，最要求的是對司法的理解程度，以及實績。因此研習生對岬的讚賞半點都沒有減少，但除了優秀以外，感覺又加上了討喜的缺點。以結果來說，這是好事。因為原本擋在岬和研習生之間的高牆垮下，所有的人都敢輕鬆向他攀談了。

天生一開始也將岬視為眼中釘，但過了兩星期左右，兩人就開始同進同出了。一些沒口德的人把天生戲稱為「監護人」，但天生自己也覺得這綽號形容得很妙。

總之，岬這個人讓人看了提心吊膽。這樣比喻雖然怪，但就像是把剛破殼的小雞放生野外一樣，讓人不安。因此明知道是多管閒事，卻還是忍不住要插手。

「你總是對我很好，我真的很感激，可是……」

岬洋介怯怯地對天生說。

「我是那麼危險的人嗎？」

「這是在說什麼？」

「每次我跟人第一次見面，感覺你都會擋在中間，避免我們直接接觸。」

「是相反好嗎？不是你危險，是對方危險。」

「大家都是研習生或老師，又不會把人抓起來吃掉。」

「你很容易被第一次見面的人誤會。」

不知為何，天生變成教訓小孩子的口吻說。

「你徹底地不知世事。對於可疑的人，應該要戒備三分，遇到不爽的人，最好狠瞪對方。人類這種生物，是透過對方的反應來瞭解自己。像你這樣對每個人都笑臉迎人，實在很不可取。」

「是嗎？」

「在法界工作的人，遇到某些局面，就必須將情理分開來。像是逮捕罪犯，或是宣告判決時，就必須鐵面無私。我不說溫厚是壞事，但像你這樣成天對人笑嘻嘻的，遇到那種狀況，會很難熬的。」

「那，我應該立志當律師嘍。」

「那樣我會很困擾。」

「為什麼？」

「我只有當檢察官這個選項。我可不想將來在法庭上跟你對決。」

雖然連自己都覺得這是自私的歪理，但這是天生的真心。

即使是基於職務上的理由，他還是不願意和岬對立。雖然也有心情上的問題，但更重要的是，他不認為在邏輯辯論上，自己有辦法贏得了岬。

強烈地撩撥母性本能，卻又讓人覺得一旦為敵，絕對沒有勝算——這就是岬洋介這個人。

3

實際上，岬極為優秀，讓人看了覺得努力簡直像傻瓜。在司法考試中拿下榜首，即可見其傑出之一斑，但是親眼目睹他的實力，還是教人五體投地。

司法研習是授課及實習雙軌並進。但授課不光是坐在教室裡聽課就好，還必須擬判才行。

具體的擬判內容如下：

・民事訴訟

評估法律效果的發生、變更、消滅之必要事實（要件事實）是否存在。擬判時，閱讀將真實案件稍作修改而成的教材（所謂「白封面」[2]），挑出要件事實。

．刑事訴訟

一樣閱讀白封面教材，根據刑事訴訟法、刑事訴訟規則試寫判決文。理所當然，不光是理解條文，若是不知道判例，連幾行字都擠不出來。

．檢察

主軸一樣是事實認定，但證據的評估及思考方式不同。檢察是刑事案件提出告訴的一方，對證據的觀點當然不同，因此需要思路觀點的切換。

2 在日本，將沒有書名、作者及出版社名的各種檢定考用教科書、教材俗稱為「白封面」（白表紙）。

・民事辯護

利用白封面教材，試寫訴狀、答辯書、最終準備書面、保全申請書等。被委任辯護後，採用什麼樣的法律策略會是重點，因此必須具備廣泛的法律知識，以及柔軟的思考。

・刑事辯護

評估提出的證據，依據事實撰寫辯論要旨。準備的白封面教材裡面有著數不清值得細究的事實及證據，必須從其中挑選出能有效辯護的要素，撰寫成書類。

五個科目的擬判，共通之處是如何從教材當中挑出要件事實（或證據），在短時間內完成。而且必須依據法官、檢察官、律師等不同的角色，寫出符合的書類內容。不僅是條文，重要的是知道更多的判例，並咀嚼消化，知識量可以為內容背書。同時亦要求讀出教材中隱藏的製作者意圖的洞察力。製作書類的時間愈短愈好。某個老師甚至語帶威脅地這麼警告：

「總之，在上課期間，要學會短時間內完成書類。出去實習的時候，如果書類製作耗上老半天，會被烙下無能的烙印。」

換言之，靠著死背整部六法全書而通過司法考試的人，會束手無策。天生也不例外，儘管他自信讀過不少判例，結果卻淒慘無比。

在眾多研習生像這樣苦苦掙扎的時候，卻只有岬一個人悠然自得，並且完美地擬判。擬判後會進入講評，岬比任何人挑出更多的要件，而且比任何人都快地完成書類。明明讀的是相同的教材，閱讀時間也一樣，卻彷彿只有他擁有不同的眼睛、不同的時間。

舉個例子，在檢察的課程中，岬從散布在教材裡無數的證物當中，找出了可以說是檢方決定性證物的殘留指紋。許多研習生都僅靠狀況證據來鞏固起訴事實，但他邏輯分明地識破了除非是凶手，否則不可能留下該枚指紋。

「教人心服口服。」

負責檢察課程的蒲原老師毫不保留地表現驚訝。

「這是為了挫挫你們研習生的銳氣，每年都會拿出來的問題。看就知道了，案子是發生在昭和時代的強盜殺人案。雖然做了ＤＮＡ鑑定，但不像現在那麼精細，引來技術粗劣的批評，因此教材裡故意省略了。現實中發生的情況是，當時進行的ＤＮＡ鑑定有重大疏失，嫌犯蒙上了冤罪。」

聽到冤罪兩個字，教室變得一片寂靜。

「如果仔細檢查現場殘留的證物，偵辦人員也不會落入陷阱。但狀況證據齊全，加上ＤＮＡ鑑定結果也吻合，警方魯莽地做出了決定。一審中被告被判十八年徒刑，五年後，因為聲請再審，重新鑑定ＤＮＡ，結果與被告不符合。」

由於粗劣的ＤＮＡ鑑定而造成的冤案，天生也聽說過許多次。但他甚至沒有想到，做為資料提供的教材，就是這樣的案子。其他的研習生一定也是一樣。

「這個案子的重點及目的，是不能只憑狀況證據，就決定是嫌犯的犯行，必須徹底重視邏輯思考。因為每次都是騙倒全班，所以我覺得用來引以為戒，是很好的教材……但今年居然被反轉。嗯，太厲害了。」

五名教師裡面，蒲原也特別受到研習生敬畏。並非他的態度或口氣凶惡，但他會威嚇研習生，而且從來不稱讚學生。

岬等於是替眾人向蒲原報了一箭之仇，這使得第六〇期司法研習生對岬的肯定更加堅定不移了。除了榜首的實績及無可挑剔的出身，再加上他敏銳的觀察力，任誰都對他敬佩不已。

老實說，天生也覺得很沒意思。訴訟或辯護也就罷了，但是在他最擅長的檢察課，見識到如此懸殊的實力差距，實在讓人很掃興。被蒲原讚不絕口的岬本人卻顯得不怎麼開心，這也讓他不爽。

一下課，講台上的蒲原就走了過來。他要找的人不用說，當然是岬。

「可以借用一點時間嗎？岬同學。」

周圍除了天生以外，還有同組的人，但蒲原眼裡完全沒有他們。

「我必須再次跟你說，你的擬判太棒了。每隔兩年都會提出相同的案例，但真的好久沒有看到接近滿分的擬判了。」

「這樣。」

「你是在哪裡讀過判例嗎？它應該沒有刊登在已經出版的刊物上，而且是隔年提出，所以也沒辦法向學長姊打聽到。」

蒲原別具深意地把臉湊近岬：

「難道你是從令尊……從岬檢察官那裡直接得到指導？」

「沒有。」

岬柔聲否定。

「他只是半強制地要我讀六法全書，從來沒有直接教過我什麼。我也不會針對家父的工作問東問西。」

「那是看著父親的背影，得到薰陶嗎？」

「薰陶……？」

岬似乎窮於回答。編到同一組後，已經過了兩星期，岬有時候會露出這樣的表情。他看似聰明絕頂，凡事都難不倒，但似乎不習慣受到稱讚，每次受人誇獎，就會露出迷路孩童般的神情來。明明在過去的人生當中，誇獎應該都聽到耳朵長繭了，他到底是在無法接受什麼？

「這樣說或許像在反駁老師，但家父在家裡不會談工作。因為他的工作幾乎都牽涉到保密義務。」

「啊，說的也是呢。可是既然你全力準備司法考試，應該也從司法界的前輩岬檢察官說的話得到相當多的銘感吧？」

「他在家就只是個平凡的父親。讓我受到銘感的，反而是家父以外的事物。」

這回輪到蒲原一臉窘相了：

「岬檢察官我見過幾次，他是個令人敬佩的人。和他生活在一起，卻毫無啟發，這不太可能吧？」

「家父在家裡並不是檢察官。」

「那麼，廣泛的判例和觀察力，全是你憑自己得到的嗎？」

在場的每一個司法研習生都是這麼努力過來的——話都來到喉嚨邊了，天生好不容易把它又嚥了回去。

「這樣問或許有點卑鄙，那麼蒲原老師在家會親自指導令公子或令嬡嗎？」

「我家的小孩沒有報考司法考試的腦袋……這記回馬槍高招喔。被你這麼一問，我無話可說。真抱歉，忘了我剛才的問題吧。」

蒲原留下這話，匆匆離開教室了。

「蒲原老師居然落荒而逃。」

看著蒲原的背影，羽津驚訝極了。

「法官或所長姑且不論，我還以為他絕對不可能對研習生道歉。這下子岬同學的傳說又多了一則了。」

「請別這樣。」

岬輕瞪羽津。

「本人都還活著，應該不想被當成傳說吧。」

美波接口說。那副看好戲的神情，是因為目擊到被擊垮的蒲原，還是看到岬為難的樣子？

「你和蒲原老師的對話，不是只有我們看到，所以不管你願不願意，岬洋介最強傳說一眨眼就會傳遍學校了。」

美波指著自己的背後說。探頭一看，其他組的研習生都看著這裡，交頭接耳。那景象讓人恍然：原來傳說就是像這樣誕生的。

「真的饒了我吧。」

「為什麼？因為優秀而出鋒頭，不是壞事吧？你到底在排斥什麼啦？」

這意想不到的發展勾起了天生的興趣。往旁邊一看，羽津也微微探出上身。

「我們才同窗共讀了兩星期而已，但還是看得出你的優秀是多麼地出類拔萃。對照司法考試的結果來看，也知道你就像是穿著法袍出生的孩子。不好意思，我因為對你很感興趣，上網查了一下你父親的經歷。」美波說。

岬的眼神就像死魚一樣。難得看到他這種表情，天生幾乎忍俊不禁。

「他待過各地檢，現在是名古屋地檢的三席[3]，被譽為王牌檢座。下次人事異動，或許就會升為次席。簡直就是個典型菁英檢察官。」

美波這話沒有錯。其實天生也是上網搜尋岬恭平檢察官經歷的人之一。對岬感興趣的研習生，應該幾乎都做了一樣的事。

「一開始以為你是覺得父親的庇蔭很痛苦，但別人提起你父親的事，你也沒有露出

3 三席為中小規模檢察廳的職位。檢事正及次席檢事以下，就是一般檢察官。三席即為首席基層檢察官。

厭惡的表情，所以不是。被人稱讚，你到底是有什麼不滿？」

「我也總是覺得很奇妙。」

羽津再次代表提問。兩人都直截了當地提出天生想知道的問題，因此他只要在旁邊等著聽答案就行了。

「起初，岬同學給人的印象是內向，或是謙虛。不，當然這個印象也沒有錯。可是考到榜首，被周圍的人吹捧，還被難搞的教官稱讚，卻連笑都不笑，不僅如此，甚至還露出不知所措的樣子。對，你一定會想要說：這樣哪裡不行嗎？被人稱讚，我要高興還是嫌麻煩，都是我的自由吧？沒錯，這我們明白。」

說著說著，羽津的聲音愈來愈激動。

「可是真的很不好意思，像我這種沒有岬同學的頭腦和才能的人，看到不肯坦然接受稱讚和羨慕的人，實在忍不住要乖僻起來。那叫做孤高還是超然？在我看來，拒絕別人的肯定，就像是一種超人思想。」

羽津直到三月都還在汽車廠商上班，但是當然他從以前就一直在挑戰司法考試。不，據本人說明，他從二十五歲以後，就一直在準備司法考試，但因為已經結婚，為了生活，不得不先另謀他職。也就是說，他與其說是從上班族轉職過來的，其實更是不得已去上班的司法重考生。

對於經歷過挑戰司法考試十幾次的苦難的羽津來說，岬這樣的人肯定刺眼極了。如果只是照亮道路的程度還好，但如果亮過頭了，便會覺得這光源很礙眼。

「說得更直接一點，岬同學愈是超然，像我有時候就會覺得好像被瞧不起一樣。」

這番話應該是徹底出乎意料吧。岬極度驚愕，接著委靡到讓人看了可憐的地步。

「我完全沒有這個意思……」

「你當然絲毫沒有這種念頭吧。但這是我個人的觀感，和岬同學怎麼想無關。」

「對不起。」

岬毫不猶豫地低頭道歉。結果羽津彷彿如夢初醒，突然慌了起來：

「啊，別這樣。我說這話並不是要責備你。只是看到你颯爽的樣子，自卑感就受到刺激……」

羽津慌忙辯解著，臉愈來愈紅了。接著他也許是感到無地自容，逃之夭夭地離開了。

「啊，搞砸啦。」

美波看著羽津的背影，無奈地嘆氣。

「羽津同學雖然已經四十多歲了，但精神年齡一定還停留在二十多歲吧。」

她看著岬的眼神在請求同情。

「嚮往司法的世界，但還是為生計奔忙，十幾年來不停地報考司法考試。不光是六法全書，還得跟生活對抗。對這種人來說，岬同學這種完美無缺的人，怎麼樣都像是眼中釘、肉中刺吧。」

「我不是很懂……」

「你那種遲鈍，或許也是讓勞苦人厭惡的點。」

聽到美波的追擊，岬更加委靡了。

「我想今天，再晚也是明天，羽津同學就會來跟你道歉。就算精神年齡才二十多歲，他還是懂得常識。到時候你就笑著原諒他吧。這是大姐姐的拜託。」

美波也離開後，岬用求救的眼神看向天生：

「我該怎麼做才好？」

「你是在問我的意見嗎？」

「你年紀比我大。」

「你可以再自大一點。居高臨下，擺出純種馬的派頭，大搖大擺地昂首闊步。看到成績不好的研習生，也可以瞧不起他們。」

「那樣會惹人反感吧？」

「是啊，會惹來反感。被崇拜、畏懼、厭惡。這是上位者的義務，也是宿命。眾人的目標往往都是這樣的。」

聽起來或許像在咒罵，但這是天生的真心話。

「趁這個機會，我就直說了，你太缺乏第一名的自覺了。」

雖然同樣接近真心話，但這段話還摻雜了嫉妒。就像羽津說的，像岬這種極端突出的人，即使謙遜，看起來也像是在挖苦人。與其如此，堂而皇之地抬頭挺胸，睥睨下人，反而更讓人接受。讓人可以在內心立下決心：我要爬到跟這個傲慢的人一樣高的位置，把他踢下去！

「自覺嗎？」

岬自問地喃喃道，怯怯地走到天生的正面：

「天生同學總是擔心我，我知道你這話也是寶貴的忠告。你說我缺少自覺，或許就像你說的。」

「所以我是在叫你不要隨便向人低頭。你那顆腦袋不是可以隨便向人鞠躬的。不要賤賣自己。」

「我沒有賤賣的意思……但我絕對沒辦法擺出自大的態度，或是瞧不起別人。」

「為什麼？」

「這完全違反我的本性。」

天生忍不住點頭。確實，他完全無法想像岬恃才傲物的模樣。

「還有，羽津同學剛才的話，他提到我不肯坦然接受稱讚和羨慕，但如果一樣不怕被討厭，硬要辯解的話，那純粹只是因為我很困擾。」

「怎麼會困擾？」

「因為就算別人稱讚我不想被稱讚的地方，我也不怎麼開心。」

聽到這話，天生真的搞不懂岬這個人了。

司法考試是這個國家最難通過的考試之一。一旦成功考上，幾乎等同保證下半輩子都一帆風順。

然而這個人卻說不想要別人稱讚他是應屆考上榜首。即使是被也是現職檢察官的司法研習所的老師另眼相看，也說不想要別人為此羨慕。

那麼，岬希望受到稱讚的，到底是什麼？

「或許我這個人很傲慢。」

岬說了意外的話。

「就算被稱讚，也一點都不開心，換句話說，就是完全不在乎別人的評價呢。但我並不是瞧不起別人。這一點請你一定要相信。」

難得稱讚研習生的蒲原老師對岬讚不絕口，這件事在當天就傳遍了整個研習所。司法考試榜首的傳聞早已盡人皆知，因此借用羽津的說法，等於又多了一項補強傳說的材料。

出眾的外表，加上蒲原老師的肯定，旁人看待岬的眼神更加熱烈了。本人說會看上他的女人眼光都很糟，但眉清目秀，加上前程似錦，絕大多數的女人當然會趨之若鶩。

在司法研習期間找到結婚對象，這完全不是玩笑話，而是民事辯護的老師在課堂上諄諄告誡的內容。他說一旦投身司法相關職業，收入姑且不論，但工時太長，會沒有機會認識異性。

「你們聽者藐藐，但要是知道律師的未婚率，一定會嚇到全身發抖。」

民事辯護的老師一本正經地說。

「報導常說收入和結婚率成正比，但那是一般人的情形。司法執業人員的平均收入似乎很高，但單身者也不少。這要是我的偏見就好了，但原因或許出在應該在求學時期學習與異性交往的時間，都拿去準備考試了。我自己很幸運地在四十歲過後找到伴侶，但也是費了千辛萬苦。這是我苦口婆心的忠告，最好趁現在挑好對象。同樣都是研習生的話，至少在經濟方面不用擔心。」

那嚴肅的語氣，讓在場的研習生緊張到連大氣都不敢喘一下。也因為這樣的背景，有幾個女研習生虎視眈眈地親近起岬來。

「那個，刑事辯護的擬判，我有個地方想請教一下岬同學。」

「岬同學將來想要走哪條路？果然會和令尊一樣，當檢察官嗎？」

「欸，岬同學，下次放假你有空嗎？」

不知幸或不幸，她們跑來糾纏岬的時候，大部分天生都在旁邊。雖然不知道岬國高中時代過著怎樣的生活，但他對女生也一視同仁，親切友善。不，與其說是親切友善，他完全沒有表現出任何對異性的興趣。然而對方一旦露骨地發動追求，他便立刻變得懦弱，搞得天生沒辦法，只好替他出面。

「不好意思，妳想追岬也是白費工夫。」

「你誰啊？跟你無關吧？」

「是啊，跟我無關，可是我受夠老是在旁邊看著這些徒勞無功的倒貼了。我得聲明，這傢伙就是個木頭人，妳的魅力對他完全不管用。」

「你這種話是性騷擾。」

「這連性騷擾都不成立啦。妳沒發現嗎？岬面對妳們女生，第一個都會先看手指。這要是正常男人，目光都會忍不住往胸部或是腰部飄。」

「很紳士，不是很好嗎？這才是理想。」

「他前途無量，而且比我們每個人都更優秀。那在妳們女人的武器派不上用場的情況下，要拿什麼來打動人家？」

聽到這話，對方都會狠瞪天生後離去。這種對話不只一兩回了。多次上演之後，就如同前面所說的，天生被當成了岬的監護人。

「為什麼我得為了你而招女生的恨啊？」

「總覺得很對不起。」

「你又來了，又動不動道歉。你該不會以為只要道歉就沒事了吧？」

「沒有的事。我是詞彙太少。」

「對老師的問題對答如流的傢伙說這種話？不過我剛才也說了，你真的看到女生，都會先看手呢。難道你是手控？」

「是習慣。只要看手，從指甲的保養到皮膚的粗細，就可以看出平日的生活，還有一部分的個性。」

「你福爾摩斯啊？」

「就算嘴巴可以撒謊，呈現在身體上的狀態也撒不了謊。雖然遠遠不及神探福爾摩斯，但我認為要推測出初次見面的人的底細，這是非常管用的方法。」

「……像正常男人一樣色迷迷地看女生的我們，比你更健康多了。」

岬聞言天真地笑了。

啊，又來了——天生心想。

對於岬，他感到眼紅，也有對能力相差懸殊的絕望。即使如此，天生仍無法完全去恨他，就是因為這張難以抵抗的笑容。

4

「他怎麼看都不像『泉樓』的住宿生呢。」

岬離席的時候，坐在天生旁邊的美波低聲道。

「甚至有種住在『光樓』的法官風範。我開始覺得不太能把他同樣當成研習生看待了。」

「我同意。」

羽津附和美波的埋怨說。餐廳裡不曉得會有誰偷聽到他們說話，但他們似乎認為談論岬就無所謂。

「我在旁邊觀察他，他看起來不像認真在聽老師的上課內容，可是擬判寫得比任何人都更快、更完美，就好像已經聽過老師的課好幾次，都倒背如流了一樣。雖然他對蒲原老師那樣說，可是我覺得一定是從小就接受他父親的一對一指導。」羽津說。

「不，沒有這回事。」天生當下否定。

「這是在研習所裡和岬同學相處最久的天生同學才能提出的意見嗎？」

「不，我也不是刨根究柢地追問過他的家庭環境，可是聽他的話，沒有一丁點虎父無犬子那種感覺。而且被譽為菁英的檢察官，回到家以後，也沒有那個餘裕幫兒子家教吧。他反而有種疏遠父親的感覺。」

「咦？可是岬恭平是名古屋地檢的王牌現職檢察官耶？他父親那麼了不起，為什麼要疏遠？」羽津說。

「就是因為父親太了不起吧。」美波一副過來人的樣子說。「父親愈偉大，兒子就愈萎縮吧。」

「不，都說父親是一堵必須超越的高牆，也有些男孩是以父親為目標啊。」

這話八成帶有羽津的願望，但很有說服力。相對地，美波的一般論也無法否定。兩邊說法都是對的吧。

所以天生這麼答道：

「我覺得你們兩個說的都對，但也都不對。」

「你在打什麼啞謎啊？天生同學。」

「就是用一般論去思考岬這個人，才會莫名其妙。只要把他當成跟我們不同的生物，應該就想得通了吧？不管父親是個再怎麼厲害的菁英，我都要走自己的路。所以對凡事插口干涉的父親感到厭煩。」

聽到天生的說明，兩人雖然並不滿意，但還是點點頭表示理解。天生也抗拒把岬當成天才，但只要認定他就是個天才，拿來和自己比較就沒有意義了，所以心情上會輕鬆許多。

「首先，只憑教材來擬判，除了條文和判例的知識以外，還需要直覺吧？就算有父親私人指導，直覺也不是那麼容易就能夠提升的。你們也都感覺到了吧？那傢伙的著眼點跟我們是天差地遠。」

「這我不得不承認。」

羽津痛苦地皺起眉頭。長年挑戰司法考試的羽津，說起來是個努力型的人。對這樣的人來說，岬這種天才型人物或許教人難以忍受。

「我也重考過，所以瞭解，司法考試是可以憑努力達到一定水準的。當然，這番努力非同小可。可是一定有個就算日以繼夜、讀到昏倒，也絕對追趕不上的領域，是凡人再怎麼渴望、不甘心，都構不著的水準。你們兩個應該也都明白吧？」

儘管老大不情願，但羽津和美波也對此點頭同意。用不著天生點出，這是只要是和岬同窗共學，每個人都體悟到的真理。

「雖然不像運動一樣一目瞭然，但我覺得任何領域都有天才。我們只是碰巧跟這個天才遇上了。」

「這是不幸嗎？還是幸運？」

「是幸，也是不幸。如果跟他比較，就會不幸，但要是能把他當成不同的生物，從他身上吸收智慧那些的話，應該就會是幸運。」

岬在五個科目的課堂上都展現出傑出的才華，但最為特出的是檢察課。天生把岬比喻為福爾摩斯，雖然接近偶然，卻也算是歪打正著。因為其他研習生都會漏掉的細微線索，都絕對逃不過岬的法眼。

不小心大肆讚賞的蒲原，似乎節制著避免三番兩次讚不絕口，但是在講評岬的擬判時，從來沒有任何一句扣分的話。

「可是，沒有掛在嘴上說，或許證明了老師真的認真囉。」

雖然是同一個小組，但是在八卦的蒐集力上，還是女生更勝一籌。雖然不知道消息來源是哪裡，但美波馬上把聽來的小道消息告訴天生和羽津。

「老師好像跟別的老師說，『他是十年難得一見的逸才。研習結束後，希望他務必到我這兒來。』」

蒲原老師也是埼玉地檢的現職檢察官。只要挖來優秀的新人，不僅可以造福埼玉地檢，也算是蒲原的功勞一件。想要把岬預定下來的心情，完全可以理解。

相對地，只有檢察官一個選項的天生，對此難以克制熊熊燃燒的嫉妒怒火。既然老師都主動挖角了，岬形同任官後保證能平步青雲。只要沒有重大疏失，腳踏實地地工作，就能坐上出人頭地的直達電梯。然而那個人為什麼不是我？這樣的憤慨灼燒著心胸。

「可是啊，不管蒲原老師再怎麼想要，如果岬同學本人沒那個意願，也只是單相思吧？」羽津說。

「當然啦。」美波回應。

「他到底想要走哪一條路呢？」

羽津問著，但天生和美波都只是搖頭。重新回想，關於岬的出路，他們沒有問過，本人也沒有提過。

「不過，想想他的觀察能力，感覺走檢察這條路，會最為成功。他光是瞥一眼鞋子，就看出我回家過呢。去當檢察官，才是適才適所吧。」

「我也同意。可是如果他要當檢察官，我本來想當律師的，這下就得考慮一下了呢。現在的我，可沒跟那種人為敵的膽量。」

只要稍微上過課，就清楚在刑事訴訟中，檢方與辯方的舉證能力是天差地遠。檢方具有偵查權，因此除了筆錄以外，還握有案件相關的一切證據。相對地，沒有偵查權的辯方，只能研究在審判中提出的資料。被拘留的被告處在巨大壓力之下，也是負面因素。日本的定罪率本來就高達百分之九九．九，在這樣的現狀中，辯方是以落敗為前提。如果要對抗，頂多也只能爭取以什麼樣的形式、落敗多少罷了。

在如此壓倒性不利的情勢下，如果遇上的檢察官又是岬，坐上辯護律師席，無異是去送死。以前天生曾對岬玩笑說，如果岬當了律師，一定要迴避天生起訴的案子，不過岬如果當了檢察官，對律師來說無疑是更大的惡夢。

「在司法研習所為別人的出路擔心，真的是笑話一樁，不過看到岬同學，這一點都不是鬧著玩的。」

據美波探聽來的情報，即使沒有蒲原那麼露骨，幾乎所有的老師都對岬肯定有加。也就是說，「十年難得一見的逸才」這樣的評語不是蒲原的私心，而是教師的共識。

事實上，岬交出去的擬判，幾乎沒有任何一名教師做出否定的講評。實習之後還會再回來上課，但聽說在實習前就能交出如此完美的擬判書類的情形，極其罕見。不過前面說岬的擬判，幾乎所有的教師都不會批評。但既然說「幾乎」，表示也有例外。

那就是刑事訴訟課。

教材中的案例，是一起強盜案。案子發生在北九州市內的住宅區，被逮捕的是六十七歲的男子Ａ。有前科，這次是出獄八天後再犯。

強盜罪與竊盜罪的不同，在於是否有暴行或脅迫手段。被告Ａ在闖入目標人家時，對獨自在家的四十五歲主婦拳打腳踢，使其遭受了需要一個月才能痊癒的重傷，並搶奪現金一萬四千圓及提款卡等卡片類後逃逸。

逮到人的經過，簡單到令人傻眼。被告Ａ想要在超商使用偷來的交通ＩＣ卡，但卡片上印有受害女子的姓名，店員起疑報警，順利逮到竊嫌。

犯行現場找到的指紋和毛髮與被告Ａ相符。警方筆錄和檢方筆錄中，被告Ａ皆對犯行坦承不諱，因此審判的爭點在於量刑。

強盜罪的法定刑為五年以上有期徒刑，不得緩刑（只有三年以下徒刑、禁錮，或五十萬圓以下罰款的輕刑，才能緩刑）。檢方考慮到被告是再犯，以及受害女子的傷勢，求刑十五年徒刑。相對地，辯方主張應判處法定刑的下限五年徒刑。

資料中值得留意的地方大致有兩點。一是受害女子的病歷，附有案發後受傷部位的照片，可以一清二楚地看到其慘狀。這份資料光看就怵目驚心，無疑可以讓人同理受害女子。

另一點則是辯方的證人。被告A出獄後，為他擔任保證人的保護司出庭，詳細述說被告A個性軟弱，以及遲遲找不到工作，陷入沮喪的當時狀況。

擬判關鍵的事實認定單純明快。只需要評估證據，挑出事實，就可以集中在依據受害女子的受傷程度，應該讓被告A判刑多少年。

岬擬判的判決文，是十二年徒刑。檢方的求刑都是根據類似的判例，以一般行情來看，算是可以接受。

做出講評的是高遠寺靜老師。

「岬同學的擬判，事實認定無過與不足，判決也很妥當。但我個人並不欣賞。」

這是岬第一次遭到否定，教室掀起了漣漪般的喧嘩聲。岬本人似乎也很意外，以欲言又止的眼神聽著高遠寺老師的話。相對地，高遠寺老師甚至唇角帶笑，從講台回視他，就像個曉諭頑皮年輕人的老婦人。

教師陣容不管是檢察官或是律師，都是現職人員，但只有高遠寺是退休法官，綻放異彩。但她會被派任為研習所教師，主要還是因為她的資歷傲人吧。她是日本第二十位女法官，最後做到東京高等法院的刑事部首席法官。慣例上，首席法官都是任命該部門最資深的法官擔任，因此她的經驗值可想而知。除此之外，她退休後的活動也值得一書。她不僅未隱居在家，還被各地法律大學爭相招聘，到處演講，同時亦積極培育和指導後進。

她臉上的深紋充滿了睿智，雪白的華髮氣質出眾。其他老師甚至稱她為法庭的活字典，確實，在所有的老師當中，她的課最容易理解，同時極具啟發性。

這名活字典與十年難得一見的逸才槓上了。

「十二年徒刑這個數字，無可挑剔。是求刑的檢察官、主張五年的辯護人，搞不好連被告本人都心服口服的年數。事實認定也沒有問題。即使說是現職法官所做出來的判決，也毫不奇怪。」

高遠寺老師說到這裡，平靜地微笑。應該是顧慮到岬，但岬一笑也不笑。

「可是，這個決定看不出酌情量刑的用心。坦白說，我必須說這個判決偏向檢方。當然，被告A的犯罪動機出於自私，考慮到受害女子身受的痛苦，似乎毫無酌情量刑的餘地。但如果只看這些事實，法庭就會墮落成單純懲罰罪人的場所。聽好了，各位研習生。法庭並不是懲罰的場所，完全是制裁的場所。絕對不能淪為代替被害者及其家屬遂行報復的場所。」

高遠寺老師應該已經是位八旬老婦了，但聲音清朗，甚至是雄渾。從她的口中說出來，純粹的理想論也會充滿了真實感，十分不可思議。如果說這是經驗值的功勞，讓人覺得上了年紀也不全是壞事。

「十二年這個年數，感覺是基於檢方的求刑得出。但是將量刑基準放在求刑上，這本身不就證明了是站在檢方那邊的嗎？」

岬只是聆聽，沒有反駁，也沒有提問。結果其他研習生舉手要求發言。

「好，那位同學請說。」

「我是揉井。其實我也做出了和岬同學一樣的判決。老師的話我可以理解，但如果不以檢方的求刑為基準來審理，那麼該以什麼為基準才好？」

「現階段我只能說要依據自己的知識與良識。當然，我並不是在鼓勵各位忽略判例，但把前人的決定奉為圭臬，也並不可取。因為就如同現實與觀念會隨著時代變遷，對於罪與罰的觀點，也在緩慢地變化。舉個極端的例子，江戶時代的復仇，如果放到現代以法律制裁，完全就只是殺人罪[4]。同樣是江戶時代的私通、批判國事，又是如何呢？

不光是治理的法律改變了，人心的變遷，也會反映在罪責的輕重與刑罰的正確與否上，不是嗎？」

高遠寺老師以淺白的方式說明，因此青澀的研習生也能輕易理解。

「法官的職責，會左右一個人的人生。要左右一個人的人生，絕對不該只因為前例就是這麼判的淺薄理由就做出決定。法官在寫下判決文時，應該要通盤考量自己的人性觀、人生觀、經驗與知識，以及判決帶來的社會影響。」

「可是高遠寺老師，我們製作書類的時間有限。」

「因為時間有限，所以不知道要如何做決定嗎？我不說全國各地所有的法院都是如此，但我們這裡的法官，手頭總是有許多案子，連睡覺的時間都沒有，苦思深慮地寫下判決文。沒有時間，不能當成判決粗製濫造的理由。」

4 在江戶時代，復仇是合法的行為，但僅限於武士階級，並有一定的規範做法。

舉手的研習生萎縮地低下頭去。

「我希望各位留意的是，檢方筆錄中的一句話。被告A在提到犯下強盜的經緯時，吐露心情說『我覺得外面沒有我的容身之處』。因為是檢方筆錄，檢方排除了多餘的感情和推測，但其實在最後意見陳述時，被告A說了很重要的話。他說好不容易出獄了，社會對更生人的偏見卻讓人無處容身，他想起待在監獄裡，精神上反而更輕鬆多了。也就是說，犯罪動機雖然是缺錢，但更重要的是，他想念監獄。除此之外，還有許多地方可以看到被告A渴望被判徒刑的事實。比方說，受害女子雖然只有一個人在家，但被告A未對她施加致使昏迷或致命的暴力行為。被告A自己明明有交通ＩＣ卡，卻沒注意到被害人的卡片印有被害人的名字。」

研習生之間傳出嘆息聲。

「當然，因為想要重回監獄而做出強盜行為，非常自私，對受害女子來說，完全是無妄之災。這是應該嚴加懲罰的罪行。但另一方面，如果完全不斟酌被告A的感受，亦有違法律精神。因為我國的審判，是採取更生主義。若是考慮到被告A的更生，在做出判決的時候，最好能酌情減刑。」

如果法定刑為徒刑，那麼酌情減刑就是其上限與下限的二分之一。強盜罪的話，是五年以上，二十年以下的徒刑，因此這種情況，就是在二年六個月以上、十年以下之間做出量刑。如此一來，岬做出的十二年徒刑判決，就略嫌嚴厲了。

「兩年說長不長，說短不短。對於六十七歲的被告A來說，兩年絕對不是能夠忽視的歲月。[5]即使無法減輕刑期，至少也該在曉諭中提到。如果是根據更生主義所做的判決，理想上應該要做到這種地步。」

高遠寺老師的話，和下課鐘聲重疊在一起。

「那麼，這堂課就到這裡。啊，岬同學，請過來一下。」

其他研習生都往出口走去，只有岬一個人走向講台的高遠寺老師。兩個都不是簡單

5 岬的判決是十二年，超過了減刑的十年上限，因為多了這兩年，受刑者是無法獲得減刑。所以高遠寺老師才會說這句話。

人物，原以為就要爆發一場激烈的唇槍舌戰，沒想到高遠寺老師只說了一兩句話，而岬溫順地點點頭。

「那麼，再見。」

高遠寺老師踩著一點都不像八旬老婦的矍鑠步伐離開教室了。

岬若無其事地回來了。也許是覺得尷尬，美波和羽津老早就不知道溜去哪裡了，只有天生迎接他。

「被唸了嗎？」

「也不是唸，是教育指導。」

「你也有被指導的時候啊？」

「別這麼說。聽到高遠寺老師的講評，我真對自己的膚淺感到想吐。」

「看起來一點都不像啊。」

「老師指出的事項，都是重要的線索。我被受害女子的傷勢影響了判斷，也是事實。我無話可說。」

「那，高遠寺老師是責備你的膚淺嗎？」

「不。」岬否定說。「老師是擔心我。」

「擔心你什麼？」

「我對法律的理解是不是有些陷入了教條主義？是否過度重視法理，在無意識中排除了情理？老師訓誡說，若是這樣，會自我設限。」

「那你怎麼回答？」

「我說我會銘記在心。不過，那只是敷衍老師的說法。」

岬露出窩囊的笑：

「因為是否陷入了教條主義，我自己也不知道啊。而且老實說，就連法律精神，我覺得我即使理解了，也並未真心信服。」

II

Amarevole lamentand

アマレーヴォレ ラメンタンド

～痛苦而悲傷地～

苦しげに悲しげに

1

宿舍房間內部混凝土裸露，看起來十分殺風景，但隔音性能很好，因此將音響設備搬進來的天生光是這樣就很滿意了。

為上課做預習時，天生都會播放喜愛的ＣＤ。這是他國中的時候養成的習慣，成為司法研習生的現在，依然持續著。

他喜歡的幾乎都是貝多芬的樂曲，想要好好沉思一番時，或是加快作業速度時，會配合狀況挑選曲子。今天他挑選的是卡洛斯．克萊伯指揮的第六號交響曲《田園》，是Orfeo唱片公司的進口ＣＤ。在三年前一上市，天生便立刻購入，每當想要專注，同時振奮情緒時，他大部分都會聽這張ＣＤ。

有些人區分，貝多芬的交響樂奇數號勇壯雄偉，偶數號優美纖細。總的來說，天生也同意這個說法，他覺得奇數號的交響曲具有濃厚的浪漫派性格，相對地，偶數號則富有深沉的古典派特色。

但克萊伯指揮的這首第六號交響曲，卻將這樣的印象徹底顛覆了。第一樂章那過於耳熟能詳的旋律確實優美，但進入第四樂章〈暴風雨〉後，主題截然一變。其他指揮者的〈暴風雨〉只是普通的大雨，但克萊伯的卻是暴風雨，以天崩地裂般的激烈席捲而來。CD裡面，甚至收錄到克萊伯及樂團結束演奏後，聽眾一開始呆住而掌聲稀稀落落，但接著掌聲便像豪雨般響徹全場。這是當然的。聽到如此破格的第六號，任誰都會大吃一驚。

CD播完的時候，預習也幾乎同時結束了。天生暫時擱筆，把CD從播放器的槽裡取出。

看看架上，一字排開全是古典名曲。有一半以上是鋼琴曲，只要看到，應該就能輕易猜到天生的興趣。

天生一直學鋼琴到高二。他的父母對音樂都沒什麼興趣，但幼稚園的時候讓他去學鋼琴，當時的老師說「高春很有天分」，結果便讓他一直學下去，這就是一切的開始。

鋼琴老師的肯定並不全是假話或客套話，在同年紀的學生裡，天生的鋼琴也彈得特別好。不知道是老師教得好，還是天生特別有鋼琴細胞，他進步得很快，小四的時候，在縣政府主辦的鋼琴賽裡得到了小學生部門的第二名。年僅十歲便直逼桂冠，本人和父母的意識也不一樣了。也難怪他們會認定天生將來會成為鋼琴家。他們無比期待：距離地區大賽的冠軍只差一步，接下來就是全國大賽了。

但天生和父母根本就是井底之蛙。全國各地以成為鋼琴家為目標的小學生多如繁星，被稱為天才的少年亦俯拾皆是。天生六年級的時候總算打進全國大賽，但是在近處聽到來自各地的鋼琴家的演奏，他驚嘆不已。琴藝水準不同，格局自然也天差地遠。地區大賽的霸者天生，連前六名都打不進去，領悟到眼前的牆有多厚、多高。

但父母並沒有本人那麼失望。他們以天生還是小學生、還有進步空間等本人連想都想不到的理由，想要他繼續學音樂。理由天生也隱約猜到了。學了七年的鋼琴，光是每個月的補習費就不容小覷。對於雙薪家庭來說，這是一筆不容忽視的開銷，他們完全是害怕這筆錢最後是丟到水溝裡了。

十歲神童，十五歲才子，年過二十，就只是個凡人——世上也有這麼一句惡意的俗諺，但天生還不到二十歲，就被迫領悟到自己只是個凡人。就連小學生的時候，就有數不清比自己更有才華的鋼琴家了，隨著升上國中、高中，不證自明，差距只會愈來愈大。

但父母不可能知道天生的想法，不斷地把期待抬高。下次要稱霸國中部門，高中的時候要打進全國大賽，然後考進音樂大學——父母在心中描繪的未來，甚至充滿了夢想。

天生在高二的時候參加的地區大賽，帶來了決定性的結果。天生自己拿到了第四名，但是聽到在小學生部門奪冠的男生的演奏瞬間，他覺得全身都軟掉了。

比自己高竿太多了。

演奏裡充滿了情意。鋼琴躍動，與演奏者合為一體。

明明比自己還小七歲，那名少年卻已經具備鋼琴家的風範了。全身散發出受到音樂之神眷顧的驕傲。

世上再也沒有比才華更冷酷無情的事物了。才華將擁有與沒有的人一分為二，不管再怎麼渴望，都無法得到。無論如何苦苦掙扎，擁有才華的人就是那幾個。凡人就算努力到死，也搆不著在天上閃耀的才華。

從此以後，天生與鋼琴訣別了。音樂之神沒有對我微笑。既然如此，我只能去尋找願意對我微笑的別的神了。

幸而天生的學校成績很不錯，除了音樂以外，還有許多機會。在眾多的選項當中，天生選擇了司法之路。司法考試在國內也被稱為最難通過的考試之一。但司法考試不要求人格或才華，只要在筆試和面試拿到高分就行了，因此從某個意義來說，十分公平易懂。

當然，放棄自己的才華，並非毫無痛苦。不可能不痛。為小學生以來的夢想畫下句點的那天，天生因為失意而無法成眠。他甚至希望自己乾脆就這樣消失不見。沒有被無用的自尊心阻礙，誤入歧途，全拜他生來的冷靜個性之賜。

奇妙的是，對於改變志向，比起天生本人，父母更要失望。

「都花了那麼多錢！」

「你以為爸媽花了多少時間跟金錢讓你學鋼琴！」

聽到兩人的抗議時，天生醒悟，寄託在他身上的不是希望，而是投資。

看到天生再也不碰琴鍵了，兩人似乎終於接受他們在心中描繪的將來已成了泡影，卻也失去了支持兒子實現下一個目標的力氣。現在的話，天生可以理解，應該是從音樂投身司法，這樣的轉變過於突兀了。

天生大學考上法律系，在四年級的時候挑戰司法考試，結果一塌糊塗。然而父母卻沒有安慰他。

「你就進一般公司上班，邊工作邊準備考試就好了嘛。」

母親的語氣平靜，卻很露骨。天生覺得母親是在說：你不是你嚮往的目標所認同的人。

第二年挑戰又失敗時，父母聯手逼他去找工作。父親甚至想要硬把他拉去就業服務處。

天生拋棄了一度夢想的音樂家之路，選擇了司法世界。對他來說，這是破釜沉舟的決心，因此嚴正拒絕去找工作，關在自己的房間裡，鑽研六法全書。

「你是因為主動放棄了成為鋼琴家的夢想，才會自暴自棄。」

「當不成鋼琴家，就想去當檢察官，這不會太極端了嗎？」

「進一般公司做員工，有什麼好不滿的？」

這些話似乎是為了天生好，但聽在他的耳裡，完全就是恫嚇，或是責怪。父母似乎真心認定天生是放棄了成為鋼琴家的可能性，陷入自暴自棄，冷眼看著關在房間裡念書的他。因此重考的三年，即使說是一段忍辱負重的日子也不為過。

因為有這樣一段經緯，通過司法考試時，比起暢快，天生更是感到一股總算從牢籠中被釋放出來的安心與疲勞。感覺就像是沒有運氣也沒有才華的人，全憑一股反抗心和意氣而抵達的里程碑。

然而進入研習所後，天生又面對了司法之神也不肯祝福他的事實。那就是岬洋介這個人。還是研習生，就以純種馬的身分及其他種種，展現出他與其他人之間的差距。岬是輕輕鬆鬆拿到好成績，並受到老師們一致稱讚的司法寵兒。

『老實說，就連法律精神，我覺得我即使理解了，也並未真心信服。』

這話真的讓天生氣死了。岬或許自以為是謙虛，但聽在重考三次才總算上榜的天生耳裡，完全就是在酸人。他完全清楚岬這個人就是教人討厭不起來，但他還是恨得牙癢癢的。

要當面對年過二十的男人說這種話，實在難以啟齒，但天生覺得岬洋介這個人就是天真浪漫。如果以時下流行語來形容，就是「天然呆」。據說家庭環境良好，受到父母無比的關愛成長的小孩，就容易變成這種個性。天生沒有從本人那裡聽說他是如何成長的，但八成也是如此吧。從家庭環境開始，兩人就是天壤之別。

才華、家庭環境不同，長出來的結果自然也會不同。雖然不說百分之百如此，但岬會是今天這種模樣，果然也都是得益於他得天獨厚的各種條件。

天生咬牙切齒。他不想變成怨恨別人幸運的人，但回神一看，他卻對岬嫉妒萬分。

有些人會以自卑為動力成長，但也有人讓自卑腐化自我。天生本以為因為音樂之路走不通，就改為踏上司法之路的自己屬於前者，但搞不好他根本誤會了。這樣的誤會加深了他的自我厭惡。

可惡。

就算羨慕別人，也沒有半點好處。儘管清楚，卻忍不住要和岬比較，讓他自覺窩囊。而且那不是能刺激上進心的窩囊，而是侵蝕自我的窩囊。如果不設法切換思考迴路，感覺好不容易放進腦袋裡的上課內容都要煙消雲散了。

這時傳來敲門聲。開門一看，居然是岬。

「我來還向你借的參考書。」

聽到岬這話，他才想起這件事。

這是個好機會。既然他人都來了，就趁機把疑問一次弄清楚吧！

「謝謝你特地拿來還。有空的話，要不要坐一下聊一聊？雖然沒什麼可以招待的，不過請坐吧。」

「好啊。」

岬毫無戒心地進了房間。他瞄了滿是ＣＤ的架子一眼，立刻別開目光，果然是沒興趣吧。

「房間很亂吧？」

「要根據什麼說是亂？沒有比較對象，很難說什麼呢。」

「跟你的房間比啊。」

「我的房間比別人無聊，應該不適合拿來當樣本。」

「啊，我看過一次，簡直就像研習大樓的圖書館。」

「謝謝。」

「喂，這不是在稱讚好嗎？」

天生微酸了一下，但岬還是老樣子，只是靜靜地笑。該說是對牛彈琴，還是馬耳東風？讓人亂了步調。

「那不是無聊，是異常。你的房間別說ＤＶＤ了，連ＣＤ或遊戲片都沒有吧？」

「是啊，我不覺得我需要那些。」

「高中或大學的時候，你都不會邊聽音樂邊念書嗎？」

「我應該是不擅長同時做兩件事吧。不管是看書還是做什麼，只要專心起來，好像就只看得到或聽得到那樣東西。我很笨拙。」

你這麼笨拙的傢伙拿到榜首，那我們這些人算什麼？——天生這麼想，但沒有說出來。

「其實有件事我一直想問你。你現在想要選擇哪個出路？法官、檢察官還是律師？」

被當面這麼問，岬露出有些不知所措的樣子。

「怎麼很像複試的面試？」

「或許你覺得這個問題很煩，可是我對你的出路很感興趣。不，不只是你，正確地說，我對每個研習生的出路都有興趣。」

「為什麼？」

岬一臉不可思議地反問。

「什麼為什麼，我們是司法制度改革後的第一期生吧？接下來不只是法界的人口分布，連司法的樣貌都會改變。不好奇別人要去哪裡的人，才是少數吧？」

一九九九年開始的司法制度改革，是從審判制度到法界人員培育制度，對整個司法體制大刀闊斧的重大改革。一般來說，關心都集中在導入讓民眾參與審判的裁判員審判制度，但實際上改革內容範圍極廣，民事部分有強化智慧財產權相關事件的應對、成立司法支援中心，刑法部分則有導入審理前整理手續及監獄法修訂等等。

重大改革當中，與天生等人關係最為密切的，是增加司法考試錄取名額，以及隨之而來的法官、檢察官增員。最大的目的，是增加相較於歐美，數量壓倒性稀少的司法人員，來充實司法服務。

司法考試的錄取名額，原本從九〇年代以後，就從每年五百人左右漸增到一千人左右，但依據閣議通過的《司法制度改革推進計畫》，在二〇一〇年以前，要增加到三千人左右。當然，增加錄取名額的首要目的，無疑是增加法官及檢察官。

但有時經濟動向，會讓制度的意義變質。即使是司法界，遇上資金和報酬等金錢問題，就不可能與經濟完全脫鉤。說得直截了當一點，即使同樣是司法人員，景氣好的時期，人員便會流向民間律師，不景氣的時候，成為公務員的法官、檢察官則受到歡迎。天生覺得這種傾向很可笑，但大傾向確實如此，因此也無法忽視。

然後二〇〇六年現在，這個國家的景氣正欣欣向榮。坊間甚至哄抬這是小泡沫，日本銀行也公布景氣正在好轉。結果理所當然，可以預期完成司法研習的人，大部分都會投身律師業。不管在司法考試還是研習所，都拿下第一名成績的岬會走上哪一條路，還是教人好奇萬分。這份好奇，當然也包括往後他是否會站在與自己對立的立場。

大部分的司法研習生都會去當律師，這一點不僅是天生，只要是法界人員都可以預測到。天生提出他的推測，岬如此回答：

「我不太清楚。」

「又這樣閃躲。」

「我完全沒有閃躲的意思。」岬慌張地搖頭說。

「是適不適合的問題嗎？你的話，做什麼都能勝任吧。」

「或許多少也有資質的問題，但最近我都在想，司法的目的到底是什麼。」

他到底在說什麼？

「司法的存在意義，是尊重基本人權，維持秩序吧？以憲法保障基本人權，同時用民法和刑法限制個人的自由。」

「我也這麼認為。但憲法並非永恆不變吧？過去也有這種例子，當國家進入緊急狀況時，公共利益經常會凌駕個人權利。治安維持法就是個好例子。換句話說，就連憲法保障的基本人權，都有可能受到時代及執政者所侵犯或縮小。因為日本的立法機關是國會，只要眾參兩院有三分之二的議員同意，就可以修憲。」

「唔，議會制民主主義的話，原則上國會通過的議案，就是國民的意見，所以這是當然的。」

「也就是說，就連司法系統的根基憲法，在道理上都是流動的。」

「這也是當然的。僵固的系統和法律，總有一天會出現扞格。」

「但這讓我覺得痛苦。」

岬無力地笑。雖然平靜，卻是總帶有一絲認命味道的笑容。

「我一定是缺乏彈性吧。如果就連根基都不是絕對，依據這個系統去執行公務，讓我感到危險。因為我對自己沒有自信，所以更會去依賴系統。」

「你說的話才讓人無法理解。」

天生拚命將即將陷入混亂的思考拉回來。

「憲法以外的法律，才是整天都在改來改去。司法人員每天都在處理這些。這不是理所當然的嗎？」

「別嫌我囉唆，我就是沒有彈性。更進一步說，我有嚮往堅定不移事物的傾向，所以或許才會對司法感覺不到太大的魅力吧。」

「感覺不到魅力……參與司法、擔任司法的守護者，這不是莫大的名譽嗎？而且也能得到相應的報酬。」

「老實說，我對名譽和報酬都不太感興趣。」

岬抱歉地說，但聽在天生耳裡，完全就像在找碴，否則就是在惺惺作態。

「又不是吃空氣過活的仙人，金錢和名聲，都是社會需求之一吧？」

「我應該也沒有什麼社會性吧。我大概很奇怪吧。金錢也是，覺得只要手上有不會餓死的錢就夠了，至於渴望名聲，我甚至無法理解那是怎樣的欲望。」

天生動怒了：這根本是大少爺的胡言亂語！

沒遭遇過挫折、沒經歷過貧窮、不知道努力、沒嘗過自卑，也沒吃過苦，所以才能滿不在乎地說什麼不求名也不求財。

這種矯揉造作的人原本理應要被周圍討厭，然而奇妙的是，岬吸引力十足。應該是因為他一看就知道不是出於惡意說這些話，所以才會被當成是天真浪漫，不多計較吧。

「不要錢，也不要名嗎？可是律師的話，很受女人歡迎。」

「這我也不太……」

「對女人也沒興趣喔？那你幹麼參加什麼司法考試啦？不是因為想進司法界嗎？」

「只是發現的時候，只剩下這條路可以走了。」

「因為父親的影響嗎？」

天生帶著些許挖苦問，但岬沒有回話。他說出來的，是剛才的後續：

「我不會因為感覺不到魅力，或是對附帶的好處沒興趣，就怠忽職守。只是基於我剛才說的理由，我覺得自己不適合做為司法界的居民。」

「不要說那種話。這對懷著比你更大的熱情投身司法的人很失禮。」

結果岬立刻慌亂起來：

「對不起，我沒有那個意思。可是怎麼說，我怎麼樣就是擺脫不了被硬是套上模子的感覺。」

「你想太多了。」

天生漸漸厭煩奉陪大少爺的牢騷了。

「能夠把喜歡的事當成職業的人，是少之又少吧。首先，這跟一般求職不一樣，通過司法考試之後，就只有三種出路，這不是很簡單的事嗎？就是要想東想西想得太複雜，才會自尋煩惱。」

「不能想得太複雜嗎？」

「如果結果只會拉低效率或打擊幹勁，就不好吧。」

「其實不只是這樣而已。」

「還有別的無聊煩惱喔？」

「你還記得刑事訴訟的課堂上，高遠寺老師批評了我的答案嗎？」

「嗯，我記得很清楚。那是你唯一一次遭到批評。不只是我，當時教室裡每個人都記得。」

「那堂課以後，有一次我在走廊被高遠寺老師叫住。她一定是發現到我在猶豫吧。」

「特地在走廊上叫住你？」

「高遠寺老師是個令人尊敬的人。」

稱讚高遠寺的時候，岬的語氣為之一變。

「她這個人就像是體現了法律的嚴格與溫柔。一定有許多研習生都為她心醉。我也成為她的粉絲了。」

「老師跟你說什麼？」

「和天生同學一樣的話。老師問我想要走哪一條路。」

「……你的話，一定也對老師說了跟剛才一樣的話吧？」

「你真清楚。」

岬不是會看對象改變口氣或主義、主張的人。只要相處一個星期，任何人都能看出這一點。

「既然是高遠寺老師，她應該分析了你的資質，勸你走檢察官這條路吧？」

「老師說，一份職業的價值，在於能為自己以外的人帶來多大的幸福。」

岬不知為何開心地說。

「從事司法工作，就形同得到了有形無形的權力。既然手握權力，在行使的時候就應該把多數人的利益和幸福放在心裡。我從來沒有從這樣的觀點去思考職業，所以更覺得新鮮。」

「你怎麼回答？」

「我完全回答不出來，只是僵在原地。後來高遠寺老師的話一直在我腦中縈迴不去。」

「結果還是沒有做出結論嗎？」

「對。可是思考的時間很有意義。和你交談的時間也是。」

岬這麼說，慢慢地站了起來。

「可是，或許只對我有意義，對別人是浪費時間。占用你寶貴的時間了，真是抱歉。」

接著岬行了個禮，頭也不回地離開了。

被留下的天生陷入思考。

他不認為和岬共度的時間是浪費。不僅不是浪費，甚至刺激無比。

因為只是普通地與他閒聊，就會冒出一兩顆或大或小的炸彈。

一份職業的價值，在於能為自己以外的人帶來多大的幸福——

岬說這個觀點很新鮮，但對天生來說也是一樣的。他想要在自己——只有自己能夠勝任的工作範圍內，選擇待遇最好、最能得到成就感的職業。他不認為這樣是錯的，或是過分功利，但確實高遠寺老師的話刺激了內心深處。

天生成為檢察官，能夠帶給多少人幸福？基於這份工作的性質，實在不可能帶來任何幸福吧。可是檢察官能為被害者及家屬申張正義。為別人除去心靈上的負擔，是不是也能稱為幸福？法律本來就是為了維持秩序而存在。維持秩序，才能為最大多數人的最大幸福直接做出貢獻吧……？

他唐突地想起邊沁的倫理學，因為前些日子的法學概論課才剛提到邊沁的名字，但簡而言之，就算是臨陣磨槍也好，他想要藉口的材料。

在法庭打倒巨惡——進入研習所前就不斷想像的自我形象，最近讓他開始覺得就像嚮往戰隊英雄的五歲小孩。

這也全都是岬害的。

雖然沒辦法討厭他，但如果超出必要地與他親近，又會陷入落敗的感覺。

岬都已經離開了，他的存在感卻縈繞不去。

2

『群馬縣伊勢崎市的公寓，一名中國籍女子頭部流血倒地，送醫後死亡。針對這起案子，縣警於二十五日，依殺人罪嫌逮捕了居住於同市曲澤町的死者同居人、同為中國籍的李明順（二十九）。

『根據警方公布的內容，李嫌於二十四日上午，在公寓住處與死者王明美（二十八）為了生活態度發生口角，李嫌供述「我氣到失去理智，打了她好幾下」，縣警認為凶器可能是啤酒瓶，正在調查。王女和李嫌在市內同一家生活居家賣場上班。』

『住在埼玉縣川口市青木的繪本作家牧部六郎（四十五），筆名Makibe Rokuro，被人發現胸口插著刀子，倒臥在自家死亡，縣警依殺人罪嫌逮捕其妻繪本畫家牧部日美子

（四十二）。

『縣警表示，二十五日上午八點左右，拜訪牧部的四十多歲鄰居婦人發現他倒在一樓廚房，打電話報警。玄關門未上鎖，室內沒有翻箱倒櫃的跡象。

『縣警搜查本部依據凶刀上的指紋，逮捕日美子，朝該女的犯行進行偵查。另，嫌犯牧部日美子否認犯案。

『牧部六郎與妻子兩人同住，鄰居表示，案發時間前後，牧部家傳出兩人的爭吵聲。』

『今年四月，住在東京都江戶川區職業不詳的男子三橋玲夫（當時四十）陳屍於福島縣會津美里町的山林一案，會津若松署於二十五日依損毀及遺棄屍體的罪嫌，逮捕居無定所、自稱公司幹部的澤咲豐（五十二）、宇都宮市的上班族日野賴政（四十五）、千葉縣浦安市的上班族外村照美（四十二）等三名嫌犯。同時亦朝殺人罪嫌繼續偵辦。

『三名遭到逮捕的罪嫌，於今年三月中旬在會津美里町及其周邊地區，切斷三橋遺體的兩隻手腕，棄屍於同町的山林。搜查本部並未透露三人是否承認犯行。』

看到的命案報導就只有這三起。天生讀到社會版的最後一頁，折起報紙，收回報架上。

一名老師說，閱讀宿舍訂閱的報紙，也是研習的功課之一。因為做為教材的案子多半都是數年前的案件，身為研習生，必須對現在進行式的案子及風潮保持敏感。天生不否定這樣的要求，他和其他研習生也都要求自己盡量讀報。

就今天的早報內容來說，令人感興趣的就只有三名嫌犯犯下的損毀及遺棄屍體的案子吧。因為是報紙，所以敘述四平八穩，但簡而言之，就是分屍棄屍的犯罪樣態。誰是正犯？積極分屍的理由是什麼？三人各別的角色是什麼？對立志成為檢察官的人來說，這些刺激了專業好奇心。因為這三點都是在評估量刑時無法忽視的要素。

天生忽然好奇，岬是不是也有和他一樣的感想？如果有機會，他很想問問岬對哪一則報導、感到什麼樣的興趣。

老師們對岬的評價蒸蒸日上。一般來說，這應該會引來其他研習生的嫉妒或眼紅，但就天生聽到的範圍內，還沒有對他的批評聲浪。因為岬這個人實在是太天真無邪，像個孩子，教人不好對他口出惡語吧。也不是因為如此，但天生有了一種惡意的發想，心想既然自己和岬這麼親近，就來挖掘出岬的短處，或是弱點吧！

今天第一堂課是檢察課。走進教室一看，岬和美波都已經在老位置了。

「早安。」

岬也一如往常，沉靜地向他行了個禮。

看看時間，還有幾分鐘才上課，因此天生立刻提出早報的內容當話題。

「有沒有什麼讓你們感興趣的新聞？」

「我的話，是那個中國籍男子用啤酒瓶打死同居女子的案子。報紙上沒有提到詳情，但我猜有可能和技能實習制度有關。」

美波立刻起勁地說起來。她對女權和在日外國人的人權問題很敏感，感覺成為律師以後，一定會為這方面傾注心力。

「技能實習制度我也知道，但這跟殺人有什麼關係？」

「依現行的制度，習得一定水準以上的技術的外國人，在研習結束後，與企業就是雇用關係。而且只限於農業、漁業、營造、食品製造相關職業，報上說的生活居家賣場的銷售員，應該不適用[6]。」

「喔，也就是這兩名中國人很有可能是非法勞工。」

「更重要的是，那家生活居家賣場很有可能明知道違法，還雇用兩人。非法就業的話，薪水應該被壓到非常低，所以兩人的收入加起來，生活頂多也只能達到最低水平。如果過著拮据的生活，和同居人的關係當然也會摩擦不斷，容易發生衝突。當然，這毫無疑問是嫌犯的犯行，他也應該接受刑罰，但還是有酌情量刑的餘地。回頭來看，雇用兩人的生活居家賣場的雇用狀況，也必須釐清才行。」

「道理上是明白，可是要做到這種程度，就涉及行政和立法了。不是我們司法人員應該討論的問題。」

結果美波露出不苟同的表情：

「如果要討論扶助弱者和維持人權，不可避免就會涉及到這些。但這絕對不是錯誤的方向。因為有很多律師在執業到最後，跑去選議員了。我自己被裁員，拚命找工作的時候，除了公司以外，最痛恨的就是現行的社會制度。」

「那，以後妳會變成脇本美波議員是嗎？」

天生半是起鬨地說，結果美波惡狠狠地回瞪過來：

「不行嗎？」

發現美波意外地是認真在考慮，天生真的大吃一驚。當然，國會議員不是不好，但議員受到選民的好惡情緒左右，很不穩定，弄個不好，當個生意興隆的律師，收入還比較優渥。至少政治家不在天生的人生選項當中。

這時背後傳來熟悉的聲音：

「啊，我瞭解那種心情。」

不知不覺間，羽津也坐下來了。

「什麼擴大景氣、促進雇用，那些政策老是以大企業為優先。以前是上班族的我，有時候也會冒出想要競選議員，改變社會的衝動。」

6 透過技能實習取得日本在留資格，是本作品時間設定的四年後，二〇一〇年七月以後。

「羽津同學以前在汽車廠商上班吧？那不是充分享受到政策的好處了嗎？」

「脇本同學啊，同樣是汽車廠商，大公司和小公司也是天差地遠。要是我有媲美豐田汽車員工的薪水，也不會跑來考司法考試了。大概啦。」

眼見話題愈來愈現實，天生也向羽津提出報上的案子。

「我當然讀到啦。最先引起我的興趣的，是自稱公司幹部和上班族的三人聯手殺害職業不詳男子的案子。」

因為和自己一樣，天生被勾起了興趣。

「那十之八九是保險金殺人吧？那個叫澤咲某人的公司快要撐不下去了，所以教唆三名部下，打算把身故保險金拿去填補公司資金。八成是這樣吧。」

「我想到的只有他們的角色分配和量刑……唔，多人聯手殺害職業不明的人，並損毀屍體的話，保險金殺人的可能性確實最大。可是為什麼要棄屍呢？如果屍體沒被發現，保險金也不會下來吧？」

「我想是因為只有一部分的肉體，就會被視為死亡。雖然只留下頭部，是滿獵奇的。」

羽津以閒話家常的口吻說了驚悚的話。因為是在司法研習所裡，所以稀鬆平常，但如果在咖啡廳或大馬路上說這種話，保證會惹來白眼。

「一定是留下本人的錢包或手機，或身上有特殊傷疤的部位。」

「可是這樣的話，就看不出積極分屍的理由了。」

「可能性之一，是掩飾第一現場吧。而且分屍搬運起來比較有效率。」

再次重申，能夠自然地進行這樣的對話，是因為研習所是學習刑案的地方。至少這不是應該在公共場所討論的話題。

忽地，天生發現岬沒有參與話題。他臉對著這裡，因此不是忽視他們，但只是面露他的招牌文靜笑容，默默聆聽。

「你看了今天的報紙了嗎？」

「看了。」

「那你對哪個案子比較有興趣？」

「繪本作家牧部六郎的命案引起我的好奇。但我不像大家那樣，懷著問題意識在讀報，所以有點不好意思。」

「就算只是出於純粹的好奇讀新聞，還是很在意你注意到什麼地方耶。」

「死者是繪本作家，太太是繪本畫家。作家寫文字，畫家負責插圖。也就是說，夫妻合作的機會並不少。換言之，兩人除了是夫妻，還是事業上的搭檔。」

天生沒留意繪本作家和繪本畫家的頭銜，因此聽到岬這麼指出，一陣意外。

「這哪裡有問題嗎？」

「報上沒有提到，但妻子殺害丈夫的動機是什麼？動機是基於妻子的身分，還是事業搭檔的身分？這是讓我在意的點之一。」

「還有別的喔？」

「這只是從報上內容的推論，所以並不確實，不過太太是用本名，先生卻是用筆名。夫妻檔一起合作，卻只有其中一人用筆名，這讓我覺得有些奇怪。」

「要不要用筆名，是個人的自由吧？」

「對，可是兩人的作品，是給幼兒和兒童閱讀的繪本。比起漢字，使用平假名[7]，小讀者更容易熟悉。可是為什麼只有其中一個人這麼做，讓我在意。」

天生覺得岬在意的點也太奇怪了，但關注別人完全想不到的地方，就是岬的特別之處。

「因此，或許有什麼不同於夫妻間常見的個性不合、外遇、積鬱的其他動機。而且，我最關注的是妻子否認犯行這一點。」

「可是岬同學，凶刀驗出日美子的指紋了。警方會把她逮捕，應該也是基於這項證據。」美波說。

「脇本同學認為警方找到的證據都是對的嗎？」

這話對於以成為律師為目標的美波來說，接近禁忌吧。她的眉毛頓時挑高。

「若要反過來說，儘管有著凶刀上的指紋這項不動如山的證據，嫌犯卻否認犯行，這讓我耿耿於懷。」

7 平假名片假名在日文中表音，具有類似中文注音的功用。原文的牧部筆名使用的是平假名讀音，譯文中採羅馬拼音。

教室裡差不多坐滿的時候，蒲原總算現身了。他一如往常要將教材分發下來時，美波不知道在想什麼，舉起手來。

「怎麼了？脇本同學。」

擬判前就有人提問，這種情形難得一見。蒲原一臉訝異地看美波。

「在發下教材前，我有個提議。」

聽到提議，幾乎所有的研習生都抬起頭來。蒲原好像有些錯愕，但他具備聆聽研習生建議的肚量。

「說吧。」

「我們每天上的課，都是討論過去發生的犯罪。而且是已經判刑確定的案子。」

「對。因為如果不是判刑定讞，也就是已經有了最後解答的問題，就不適合拿來當成題目。」

「為什麼不適合呢？」

「這還用說嗎？如果答案不確定，就沒辦法評量你們的分析和答案是否正確。」

「有必要評量答案是否正確嗎？」

教室頓時一片譁然。因為有人一上課就舉手固然是頭一遭，而且也從來沒有研習生對蒲原提出異議。

「妳要說什麼？」

「我們被分發到現場時，面對的都是沒有答案的案子。」

「所以才要透過教材反覆練習。反覆練習可以培養應用能力。這不是你們在考試中得到的能力嗎？」

「我同意。我們最需要的是應用能力。可是如果是要培養應用能力，就算沒有最後解答也無所謂吧？當研習生陷入錯誤的思考迴路時，老師當然會適時介入指導。既然如此，我認為不管有沒有最後解答都沒有影響。」

美波的眼神依然挑戰十足。至於受到挑戰的蒲原，他老神在在地看著美波。

教室裡所有的人都屏著呼吸觀望這狀況。起訴過許多案子的現職檢察官，和嘴上無毛的司法研習生，雙方勝負早已決定。但眾人還是想看看，美波脆弱的矛頭，能夠傷到蒲原強韌的盾多少。

「脇本同學，妳的說法我理解，也有同意之處。妳的提議本身值得研究。」

蒲原展現出意外柔軟的態度。天生原本還猜測，蒲原不是不理會美波的提議，就是直接駁回。

「不過，這真的是妳想說的嗎？我總覺得妳的話裡有什麼沒有完全說出來的真心話。」

「這……」

「難得妳都對老師發言了，把妳心裡的話全說出來比較好。」

「教材上的案子，都是一些古老的案子。因為有判決定讞這個條件，所以案發後都過了五年十年的案子也不少見。倒不如說，完全沒有最近引發話題的案件。」

「考慮到時間，這是當然的。」

「可是蒲原老師，五年是非常漫長的一段時間。在現代社會，五年就足以扭轉常識。像手機的功能也是日新月異，去年完全沒有人提到的社會問題，會迅速成為火熱話題，反過來說，原本以為堅若磐石的主義和思想，也會變得不堪一擊。」

蒲原瞄了一眼右手的錶：

「說重點。」

「外國勞工的勞動問題、人權問題。該如何處理遇到跟蹤騷擾的女性。要列舉的話，還有更多。現況不待法律施行，不斷地惡化，我們卻必須和五年前老早就結束審理的案子對答，這讓我覺得很空虛。」

教室裡一片寂靜。

每個人都明白，現行法律跟不上層出不窮的凶殘案件和嚴重的問題。光是神戶連續兒童殺傷事件，就讓人沈痛的感到此案適用的少年法，根本就是一部陳舊到發霉的法律。

學到的知識與其基礎的理論，在現今已經變得老舊不堪，讓人失望。

但即使老舊，審理中仍然重視判例，這是現實。

這兩者就像二律背反，鎮坐在司法研習生的意識當中，同時這也是老師們即使想提也無法提起的矛盾。教室一片死寂，並不是因為美波和蒲原的對決是一場好戲，而是因為他們想要知道，蒲原以及他背後的司法研習所會如何處理這項矛盾。

已經多次站上講台的蒲原似乎從氛圍察覺了這一點。他環顧了研習生一圈，最後看著美波說：

「脇本同學的意見我清楚了。我想不只是脇本同學，在場的研習生都有著相同的疑問……不。」

蒲原的語氣忽然往下一沉。

「還是研習生的妳都開誠布公了，我忝為站在講台上的教師，擦脂抹粉也沒用。老實說，現行法律趕不上社會現況，最感到痛苦的就是檢察相關人員吧。因為即使千辛萬苦逮到凶手，有些時候依據現行法律，也只能判他輕罪。舉個例子，像是酒駕致死，雖然法律已經在進行修訂了，但現階段只能依業務過失致死的傷害罪，最重判處五年徒刑。不管撞死多少人都一樣。即使撞進上下學途中的小學生路隊也一樣。對以結果來說犯下大屠殺的窮凶惡極之徒，卻只能判他短短五年假期般的刑期。扛著被害者和家屬的憾恨，在現場奔波的警方、整理出完美的偵查資料，想要讓被告付出代價的檢方，你們有想過他們對此有多麼地咬牙切齒、多麼地扼腕嗎？」

蒲原以彷彿爬過教室地板的低聲傾訴道，讓人陷入教室的溫度降低了一度的錯覺。就好似檢察單位對法律漏洞的怨恨藉由蒲原的嘴巴抒發出來了。

「符合現狀的司法——站在這個觀點上，至少我有著與你們相同的不滿。你們希望司法研習更貼近現實的心情，我也可以理解。但課堂授課的目的是學習基礎。一般來說，基礎都是古意盎然的。因為古老、固定，所以容易學習。既然審理浸淫於前例主義，課堂會以過去的案子做為教材，也是有它不得不然的一面。當然，我不說沒有改善的餘地，但六〇期的你們，還有下一期的研習生，都必須按照這份課表進行研習。這也只能請你們忍耐了。不過……」

蒲原睥睨眾人，就像在享受研習生的反應。

「上課是基礎篇，但實務可以說是應用篇。檢察廳和律師事務所有著血淋淋的現實在等著各位。你們可以在那些現場，盡情感受到現實中最新的不合理與惡意。」

蒲原的課程結束後，美波垮下肩膀，渾身脫力。緊接著吐出的嘆息，就像把肺裡的氣全給吁光了一樣。

「脇本同學，妳不舒服嗎？」

羽津擔心地問，美波低著頭喃喃：

「我緊張斃了……」

「現在才在緊張喔？」天生傻眼地說。「妳勇敢地向蒲原老師提出異議時，我佩服死了呢。」

「怎麼會在那時候舉手，我連自己都無法解釋。」

「一定是妳天生的正義感驅使妳這麼做。」

「羽津同學，你少說得事不關己。不過對你的確是事不關己啦。」

「其他研習生都屏氣凝神地聽著呢。因為脇本同學就好像在替我們說出內心的不安。」

「可是感覺大家都不理我，或是對我敬而遠之耶。」

天生重新環顧周圍。如果是替眾人說出心聲，感覺應該要有一兩個人跑來向美波鼓勵一下才對，然而卻沒有半個人靠近。就像美波說的，眾人反而是與她保持距離，彷彿在說多一事不如少一事。

「明明脇本同學的話也不是觸怒了蒲原老師啊。也許是老師最後那句像恐嚇的話，把大家嚇到了。」羽津說。

「喔，那句實務有血淋淋的現場在等待的話啊。我倒是求之不得。」天生說。

「不管是司法考試還是面試，都是坐在書桌前動腦嘛。雖然對實務很感興趣，但比較偏自閉的研習生應該都很害怕。」羽津回應。

「看在那些害怕的人眼中，我提出異議，就像是觸怒蒲原老師的行為吧。他們會跟我保持距離也是當然的。」

「沒關係啦，不管他們怎麼想，六月開始，即使不願意，也都會被丟到現場的。」

羽津安慰美波，這時天生發現岬一直不發一語。

「岬，你覺得呢？」

「我沒什麼意見。」

語氣溫和，卻讓人感覺不到溫度。

「可是，你總有什麼想法吧？」

「蒲原老師也提到，憑法律和審判，要安撫受傷的人還是有其界限呢。我再次認清這件事了。」

「怎麼聽起來事不關己？你也是法界的一員，難道不會像脇本同學那樣，想要設法填補現實和理想的落差嗎？不，我也不是要強迫你改革意識啦。」

「我覺得就像打地鼠。」

語氣聽起來總有些寂寞。

「我不是要對脇本同學的憤怒澆冷水，但只要時代改變，就會出現新的犯罪。即使制定新的法律去規範，仍會出現不同的新型態犯罪。不管怎麼樣，都會有人被現行法律所遺漏。」

「這話聽起來太風涼了。」

美波狠瞪說，岬抱歉地低下頭。

「簡直就像對司法絕望了一樣。」

「是的，我認為司法有它的極限。即使制定了對犯罪者嚴刑峻罰的法律，還是無法撫慰受傷的人。」

「司法還要負責犯罪受害人的後續照顧喔？這當然不可能嘛。」

「我說的界限，就是這個意思。」

天生漸漸不懂岬這個人了。

他說要救人。

要撫慰受傷的人。

少胡說八道了。法律的目的是尊重基本人權與維護秩序。以前天生說過的話，這傢伙還沒有理解嗎？

「你到底要求司法做到什麼？你總不會想替天行道吧？」

「怎麼可能？」岬驚慌地搖頭。「揭發罪行，做出適切的刑罰。司法已經替正義女神泰美斯代行職務了。這是很崇高的工作。但我還是覺得不太對。」

「所以說，到底是哪裡不對？」

但即使天生催促下文，岬仍沒有回答。

結束一天的課程，天生正要往玄關走去。

「這對你絕對沒有壞處。」

正要彎過走廊轉角時，聽見了熟悉的聲音。如果只是普通地聽見，他應該不會放在心上，但那顧忌周圍的小聲反而引起了注意。

「如果你到埼玉地檢來，一定能成為即戰力。」

那聲音毫無疑問是蒲原。從他說的內容，也可以輕易猜出說話的對象是誰。

「感謝老師賞識，但我連實務都還沒有經驗過。等到實務課程結束後，再評估我的適性，應該也還不遲。」

岬維持謙虛，但仍委婉地拒絕。但蒲原不會被那種柔和的拒絕擊退。

「適性的話，我從課堂就可以大致掌握了。高遠寺老師對你的講評，我也聽人說了。你對司法追求的是秩序，但不一定適合當法官，而應該當檢察官。你的觀察力和嚴格的倫理觀，毫無疑問是檢察官需要的資質。你一定是全盤繼承了令尊的資質。」

雖然看不到臉，但天生瞭若指掌，岬一定正不知所措到了極點。岬對於只能保證秩序的司法絕望，厭惡從父親繼承的事物，蒲原卻想要邀他走向完全相反的方向。

「即使結束實務課程，對你的評價一定也是有增無減。你一定會別上秋霜烈日的徽章。」

蒲原極武斷地一口咬定，但換個說法，這證明了他就是如此為岬的資質所吸引。

「到時候問題就是分發地點。雖然會詢問本人的意願，但除非有家庭狀況等必須優先考慮的理由，大部分都會由最高檢察廳決定人事。這麼說來，岬檢察官現在在名古屋地檢。難道你想進入和令尊相同的職場嗎？」

「絕對不是的。」

儘管柔和，但這回答總讓人感覺到尖刺。

「如果有近親進去，名古屋地檢應該也會有諸多不便。」

「既然如此，你一定要來埼玉地檢。只要跟著我做事，就能更進一步發展你的才華。」

蒲原的自信到底是從哪裡來的？抓著一個毫無實務經驗的研習生，說什麼要讓你發展才華，天生覺得真是自我意識過剩到了極點。

然而另一方面，天生無可遏止地自覺到岩漿從體內深處噴發出來。

灼熱的團塊燃盡自制與自尊，逐漸轉變成一團憎恨與羨慕。

為什麼不是我，而是岬？

為什麼不肯關注我？

想要衝進兩人之間打斷對話的欲望，和想要屏聲斂氣觀察動向的心情交織在一起。

是岬的聲音打斷了他的迷惘：

「我有選擇職業的自由吧？」

「……當然。但矯正方向錯誤的自由，也是老師的義務。」

「實習應該會揭露我的實力和適性。反正一年四個月以後，所有的研習生的出路都會決定。」

「但我希望趁現在就把你預定下來。」

岬似乎甩掉了蒲原的勸說，出現在走廊。等於是和天生迎頭碰上了，但岬沒有太驚訝的樣子。

「抱歉，不小心聽到了。我並不是故意要偷聽的。」

「我知道。」

這時，岬想起來似地打開左手。他的手中有一枚折起來的面紙。

「那是什麼？」

「我要走的時候，蒲原老師塞給我的。」

「是白旗的意思嗎？」

「如果是叫我擦乾手汗，那或許是一種恐嚇。」

說完，岬留下天生，往玄關離去了。

這世上毫無公平可言吧？天生心想。

如果只有一樣事物是公平的，那應該是死亡吧。不管是自己還是岬，都只有死亡會公平地降臨。差別只在於早晚，以及方式而已。

3

隔天早上，天生為了購買法學專書，前往和光市站。和光市站有電車直達有大書店的池袋，車程不到二十分鐘。

離開宿舍的時候，岬對天生說：

「要去書店的話，我也一起去。我也剛好想買書。」

冰冷地拒絕也太幼稚，天生同意岬一起去。

早上八點多，儘管遇上通勤通學尖峰，乘車率有百分之一二〇左右的時段。從和光市站上車的天生和岬卻幸運地有位置坐。

這個時間帶比起上班族，學生數量壓倒性的多。沿途車站有許多國高中，因此制服也都不同。

「距離都心不用二十分鐘車程，真的很棒呢。」

因為昨天偷聽了對話，天生相當心虛。為了隱藏這一點，他沒話找話地說。

「是啊。研習所附近鳥不生蛋，所以可以專心向學，然後需要的書，又可以在都內買到。」

「在民間上班的話，幹部候補生好像會被關進深山裡的研習所，度過地獄般的一星期，但我們要持續一年四個月之久。法務省到底把我們當成什麼了？」

「一定是當成研習生吧。」

「你當是在機智問答嗎？」

「同一個所區裡，還有法官研習生住的『光樓』對吧？或許是在叫司法人員應該心無旁騖、專心向學吧。」

「要是這樣的話，思考未免太落伍了。不管是法官、檢察官還是律師，如果不諳世情，只會變成腦袋僵化的司法機器。雖然不是學脇本同學那一套，但司法人員應該更瞭解社會才對。」

「這一點……我同意。」

「應該親身感受社會氛圍，運用在工作上。如果價值觀食古不化，不管是要審問嫌犯還是幫嫌犯辯護，都一定會出現摩擦。」

「我也……這麼想。」

天生很快就注意到岬的樣子不太對勁了。他的回答缺少向來的清楚，反應也慢了幾拍。

他悄悄觀察，發現岬的目光停留在正面乘客上。樣貌看起來像女大學生，留著一頭長長的黑髮，年紀和岬相仿。

岬從來沒有對異性表達出絲毫興趣，因此天生意外極了，但留意再看，岬的目光並不在她身上，而是固定在她身旁的物品。

是小號樂器盒。

電車沿線有幾家知名的音樂大學，這女生也是要去上課吧。黑色的樂器盒很普通，感覺是常見的ABS樹脂材質，沒有特別的裝飾。看不出有何引人注目之處。

儘管如此，岬的眼睛卻盯在上面不動。

「喂。」

天生給了他一記拐子，岬似乎總算回過神來：

「啊，不好意思，我要換個位置。」

「咦？」

但東張西望，車廂裡沒有空位了。

「你要換到哪裡去？」

「其他車廂。」

「喂。等、等一下啦。」

天生想要制止，但岬已經站起來了。落荒而逃似地起身的岬，引來其他乘客訝異的眼神。天生覺得繼續賴坐下去，連他都會被異樣的眼神看待，不得不追趕上去。

隔壁車廂也滿了，沒有空位。但岬不理會，抓住門口附近的吊環站著。

「對不起。害你也一起站了。」

「我是無所謂啦，反正到池袋只剩下三站。不過你到底是怎麼了？」

「突然覺得不太舒服。」

「不舒服的話應該要坐著吧？我不懂你幹麼要走掉。」

「再繼續坐著，我可能會吐出來。」

這辯解未免拙劣過頭了。這要是平常的岬，應該會做出更機靈的回話才對。

天生想要追問，但看到岬的側臉瞬間，追究的心情立刻委靡了。

岬的神情是前所未見的不安。

就像和父母走散的幼童。

池袋的大書店就和它廣大的賣場面積一樣，法律專書十分充實。應該也是因為有斐閣等法學專門出版社就在附近吧。天生一下子就找到要找的書了。岬也一樣，很快就買好了。

「要不要去逛逛？」

池袋車站周圍熱鬧滾滾，與和光市是截然不同的兩個世界。如果說研習所附近是灰色的，那麼這裡就像是花枝招展。就連速食店，這裡的看起來也時髦許多，證明了他們平日的生活有多麼地枯燥無味。

「陪我去個地方。」天生說。

岬或許是為電車裡的事感到抱歉，二話不說答應了。

其實池袋有家天生想去的店。在書店旁邊的小巷走上一段路，小型樓房數目多了起來。天生的目的地就是其中一棟，一樓的咖啡廳。

「宿舍房間的隔音是不錯，可是音量還是無法讓人滿意。」

開門的瞬間，帕海貝爾的《卡農》便流入耳中。

這家咖啡廳的賣點，是以ESOTERIC的高級擴大機，播放TANNOY高級揚聲器的音樂。兩者都是天生計畫在成為檢察官之後買下的音響器材。

播放的音樂類型僅限古典樂。選曲是老闆的喜好，但好像也接受客人點曲。

天生立刻找到空位坐下來。整面牆壁擺滿了有名盤之稱的克爾提斯指揮的德弗札克第九號交響曲《新世界交響曲》、蕭提指揮的史特拉汶斯基《春之祭》、梅塔指揮的霍爾斯特《行星》組曲等ＬＰ封面。光是看到這些，天生就心胸雀躍不已。

服務生前來點單，天生點了特調咖啡，服務生問：「有想聽的曲子嗎？」天生過來之前就已經決定好了。

「貝多芬的第五號鋼琴協奏曲《皇帝》。如果有的話，我想聽魯賓斯坦演奏的。」

「有的。」

這下就可以盡情享受大音量的《皇帝》了——天生才剛這麼想，坐在前面的岬突然不對勁了。

他倉皇地張望店內，忽然蜷起上半身，《卡農》的大提琴開始流瀉，他便表情扭曲，像在承受著痛苦。

「對不起，天生同學。」

岬說，同時站了起來。

「我好像還是不太舒服。我先回去了。」

「喂。」

「你慢坐吧。」

「喂！」

但岬不理天生制止，一樣落荒而逃地離開了。

一個人被丟下的天生，感覺忽然萌生的疑念化成了明確的樣貌。如此一想，岬在電車裡的古怪行為也可以理解了。

絕對錯不了。

雖然不知道為什麼，但岬對古典音樂過敏。

4

有種惡作劇心理，即使年過二十也不會消失。沒有惡意。是那種戲弄好友、想引起心儀女生注意的惡作劇心理。或許只有男生才會這樣，但天生也沒有特地問過女生，所以不太清楚。

自從知道岬似乎對音樂過敏後，他的惡作劇心理就熊熊燃燒起來了。不過他無法否認，兩人感情好這個事實背後，是有著嫉妒心理的。聰明過人、眉清目秀、血統良好，而且還謙和有禮，簡直是太犯規了。

一次就好，想看到那張端正的臉恐慌扭曲的樣子——他覺得身為飽受自卑感折磨的苦主，這點心態應該是可以被原諒的。

司法研習並非只有上課和實習而已。除了司法知識以外，也鼓勵學生欣賞音樂、美術，以深化文化涵養。天生是覺得如果聽聽名曲、看看名畫，就能培養出文化涵養，那未免太容易了，但也不打算對研習所的方針唱反調。比起這些，重點是岬會不會上鉤。

幸好岬這個人雖然聰明，卻很容易相信別人，要把他釣出來，比拐騙五歲小孩還容易。

「這個星期六可以陪我一下嗎？」

「要去哪裡嗎？」

「是司法研習活動的一部分。老師不是也說嗎？身為法界的一員，應該要有相應的文化涵養。剛好我拿到不錯的票，一起去都內欣賞十九世界浪漫主義的藝術吧。當然，是我約你，我請客。」

「浪漫主義嗎？好啊。我也不討厭看畫。」

岬沒有絲毫懷疑的樣子，當場答應了。雖說不出所料，但容易過頭，反而讓天生產生了罪惡感。

然而惡作劇心理還是壓過了罪惡感。天生上著枯燥無味的課，期待著星期六的到來。

沒錯，枯燥無味。

剛入所的時候，老師們的話聽起來都很新鮮，但上學期課程即將結束的現在，能夠在課堂上維持專注的，就只剩下高遠寺的課而已了。下下個星期就是實習了。他把對岬的惡作劇當成實習之前的歡慶活動。

接下來的星期六，天生帶著岬前往都內。從和光市站搭乘東京地下鐵有樂町線到永田町，再從永田町換乘南北線。

「天生同學在東京住了很久呢。」

在電車上，岬忽然說道。這麼說來，天生想起莫名的自尊心作梗，讓他一直沒有說出自己的畢業大學。

「為什麼這麼想？」

「你都不用看路線圖，就直接換車了。」

上電車以後，岬也在觀察他的眼睛看著哪裡嗎？

「雖然理所當然，不過在東京住了很久，這個說法很微妙耶。你就沒有想過我可能是東京人嗎？」

「你家在靜岡縣濱松市。」

天生忍不住差點驚叫出來：

「等一下，我不記得我有跟你說過吧？」

「我看到了。」

「看到什麼？」

「搬進『泉樓』那天，你裝ＣＤ的箱子不是在房間前面鬆開來嗎？那時候我看到寄件人的住址了。對不起。」

岬行禮道歉，但天生陷入輕微的恐慌。當時底鬆開的紙箱確實就那樣丟在原地，但那時候岬應該是在仔細查看掉在地上的ＣＤ名稱才對。一直到上一刻，天生都這麼以為，沒想到岬同時也注意到寄件資訊了。他的眼睛到底長在哪裡？

天生再次為岬的觀察力咋舌不已。他早已習慣了岬的特異能力，但現在覺得他實在太深不可測了。

他想起在研習所走廊偷聽到的蒲原的話：

『你的觀察力和嚴格的倫理觀，毫無疑問是檢察官需要的資質。』

『即使結束實務課程，對你的評價一定也是有增無減。你一定會別上秋霜烈日的徽章。』

原本壓抑下來的嫉妒心再次燃起。

走著瞧吧，岬！我一定要讓道貌岸然的你嚇得驚慌失措。

不久後，電車抵達了溜池山王站。車站裡已經擺出了音樂廳的廣告看板，但岬完全沒有留意。

從十三號出口走出地上，從六本木大道直行，便看見目的地的建築物了。結果岬似乎總算發現了。

「天生同學，這裡是……」

「對啊，三得利音樂廳。今天要欣賞藝術的地方。」

「不是要看十九世紀浪漫主義的名畫嗎？」

「我弄錯了，不是浪漫主義，是浪漫派。而且我又沒說是要看畫。」

天生淡淡地跑上通往會場的樓梯，指著掛在正面入口的大看板。

『東京交響樂團定期音樂會　大音樂廳14:00開場　演出　指揮黑田征一　鋼琴東條稔』。

「呃，我對演奏會有點……」

岬客氣地想要拒絕，因此天生從口袋裡掏出兩張門票：

「兩張S座耶。窮司法研習生砸大錢買到的票耶。你不會現在才說要回去，還是叫我退票吧？」

「不，呃……」

「還是怎樣？我的好意你不肯接受嗎？」

天生連自己都覺得這威脅太高招了。岬這個人非常在乎他人的感受，連旁人看了都會覺得傻眼。天生料定岬不可能讓他浪費特地準備的門票，這個策略完全成功了。

岬猶豫了一下，踩著沉重的步伐上階梯。

「就算你討厭古典音樂，也不用擺出那種表情嘛。你一定是對古典音樂有成見啦，讓我來把你變成一個古典音樂愛好家。」

岬露出有些哀傷的笑容。

在櫃台撕完票根後，進入大音樂廳，那景觀完全把天生壓倒了。

三得利音樂廳是以「全世界最動聽的音色」為概念而建設，是東京都第一間演奏會專用音樂廳。有葡萄園形式的座位，以及鎮坐在正面的全世界最大的管風琴。共兩千零六個座位全部對著舞台，設計成演奏出來的音樂能傳至每一名聽眾耳中。側牆為三角錐，天花板向內彎曲，能夠理想地將反射音傳送至聽眾席的每一個角落。牆面使用白橡木，地板和椅背則使用橡木，提升音響效果。橡木也用來製作威士忌酒桶，這或許是音樂廳興建者是威士忌廠商的玩心。天生興匆匆地在票上的S座位坐下來。

撕票根的時候拿到的節目單，封面印著指揮家黑田和鋼琴家東條演奏的身影。東條稔是在國外音樂賽中多次得獎的日本古典音樂界新星。天生也從以前就注意到這個人，得知他將在三得利音樂廳表演時，開心得手舞足蹈。

今天的演奏曲，是貝多芬的第五號鋼琴協奏曲《皇帝》，以及柴可夫斯基的第一號鋼琴協奏曲。柴可夫斯基也難以割捨，但天生的目標還是《皇帝》。名指揮家黑田率領東京愛樂，由新星東條彈奏貝多芬。光是想像，就教人興奮不已，不是嗎？

然而儘管天生如此激動，岬卻依舊死氣沉沉，連節目單都不肯好好讀。

有不少人討厭古典音樂。天生自己就有好幾個朋友以古板、沉長等為由，對古典音樂敬而遠之。簡而言之，就只是先入為主地厭惡，但像岬如此極端的排斥反應，倒是很罕見。一定是小時候遭遇過與古典音樂有關的心理創傷。天生在心裡吐舌頭想，既然如此，用逆向療法讓他克服對古典音樂的厭惡，也是做朋友的一片好意。

再次往旁邊一看，岬毛躁不安，雙手忙碌地一下握住，一下打開。

「我說你啊，也太不死心了吧？都已經坐下來了，就乖乖等開場吧。」

「嗯，好。」

在旁邊觀察，岬顯然愈來愈不對勁。雖然不到臉色大變，但浮躁的模樣，就像在害怕著什麼。天生為時已晚地後悔或許太魯莽了，但已經無法回頭了。

『感謝各位光臨三得利音樂廳。開場之前，以下事項請各位聽眾配合。聽眾席禁止飲食。此外，全館禁止吸菸。手機、有鈴聲的手錶等會妨礙其他聽眾，請務必關掉電源。敬請各位協助配合……』

一陣子後，一、二樓的座位差不多都坐滿時，開場鈴響了起來。

聽眾席的燈光暗下來，樂團員在舞台上集合。調音。首先發出的La的不協調音逐漸融合為一。高漲的緊張之中，原本各自為政的樂器收束到同一個音裡。

看上去樂器有長笛二、雙簧管二、低音單簧管二、低音管二、法國號二、長號一、定音鼓一對、弦樂五部。是完全足以演奏《皇帝》的陣容。

降E大調第五號鋼琴協奏曲，作品七十三，俗稱《皇帝》，是貝多芬作曲的最後一首鋼琴協奏曲。作曲時間據說是一八〇八年十二月至一八〇九年的夏季，與拿破崙率領的法軍占領貝多芬當時居住的維也納的時期重疊在一起。從這個事實，可以推測出「皇帝」這個稱呼並非作曲家自身所定，而是後世的人如此稱呼。實際上，有力的說法認為，這個英勇的稱呼，是同時代的樂譜出版商約翰．巴普提斯特．克拉莫所想到的。

另一方面，可以確定的是，這首鋼琴協奏曲是初演時貝多芬沒有親自獨奏的唯一一首作品。一八〇二年，貝多芬飽受失聰而苦，甚至寫下〈海利根施塔特遺書〉。可以想像，在作曲《皇帝》時，他的聽力更加惡化，對自己的演奏已經失去了自信。

儘管有著這樣的背景，完成的樂曲卻是雄渾浩大，纖細大膽，彷彿將貝多芬中期的精力完全傾注其中。在多數的鋼琴協奏曲中，天生也特別深愛這首作品，理由就在這裡。

很快地，調音結束，指揮家和鋼琴家從舞台旁邊登台了。就像在等待兩人現身般，掌聲響了起來。格外高亢的歡迎掌聲很快地退去，舞台上的兩人交換眼神後，會場頓時靜如止水。

好了，要來了。

第一樂章，快板，降E大調，四分之四拍。

天生準備好的瞬間，樂團便突然擊出強而有力的主和弦。現場演奏果然不是錄音可以比較的。驚人的音壓席捲而來，幾乎要壓垮整個身體。

緊接著是舞蹈般的鋼琴獨奏演奏出樂句，樂團則在各處支撐著。旋律無比勇壯，但這還只不過是序奏而已。

東條的鋼琴速度反覆著忽快忽慢，牢牢地抓住聽眾的心，讓聽眾做好奉陪到最後的心理準備。

樂團很快地奏出渾雄的第一主題，鋼琴加入進來。這短短的數小節，證明了東條的鋼琴的支配力。不是樂譜的奴隸，也不是樂團的從僕，他以這段演奏傲然誇示了自己的鋼琴技巧。

鋼琴與樂團持續著主題的變奏，樂器齊鳴。在這個階段，天生的靈魂就已經被樂曲攫去了。是自從搬進司法研習所以後，就未曾沐浴過的音樂之雨。現在他全身浸淫在旋律裡，幾乎忘了自己身處音樂廳。

持續伴奏了一陣後，樂團回歸第一主題。祝福生命的躍動，謳歌高唱的歡喜。隨著伴奏收束，鋼琴獨奏開跑。東條的鋼琴支配力依然健在。連一瞬間都未曾中斷，與時間一同刻畫著樂音。

坦白說，天生不太喜歡日本鋼琴家正確無比的鋼琴演奏技巧。正確與快樂是不同的事物，對日本人的鋼琴演奏，他即使會佩服，也不會感動。

在這方面，東條的鋼琴適度地不像日本人。他強勢地以蠻力跨越些許失誤，以渾身之力敲擊琴鍵，讓人擔心琴弦會不會斷掉。東條的鋼琴演奏雖然粗暴，卻有著獨特的詮釋，讓人想要形容就像歐美人一般。

相對地，東條除了粗暴以外，也將輕快運用得得心應手。鋼琴獨奏引領著樂團，節奏讓人忍不住想跟著搖晃身體。儘管稱為協奏曲，但牽引舞台的主角，毫無疑問是鋼琴。

曲子暫時轉為小調，第二主題現身。第二主題是遠系調的B小調，但很快地又轉移為原本的降B大調。

更加瘋狂的擊鍵。從天生的座位，可以看見東條緊繃的表情，以及奔馳的手指。宛如潛入人心的獨奏旋律，讓聽者陷入不安。

即使是弱音，音樂廳獨特的迴響音仍刺入皮膚。在支配鋼琴的同時，也支配了表演廳的氛圍。這是演奏會鋼琴家必須具備的資質之一。

不經意地往旁邊一看，天生發現了異變。

應該那樣對古典音樂退避三舍的岬，眼睛竟緊盯著東條的身影不放。不僅如此，他還配合著東條的鋼琴，在膝上敲打手指。

難道他真的愛上古典音樂了？——念頭升起的剎那，天生看見岬的手指動作，大吃一驚。

那不是外行人在打節拍。天生知道手指的間隔與位置，也知道彈奏的手指次序，所以有了確信。岬肯定是依照樂譜在運指。天生也好玩彈過《皇帝》，所以記得運指。但岬的手指動作，比自己那時候更要正確太多了。

怎麼回事？

為什麼岬能正確彈奏《皇帝》？

不理會天生的動搖，舞台上的演奏仍然持續著。弦樂五部總動員刻畫著節奏，樂團朗聲歌唱第一主題。接下來進行展開部。

細碎的鋼琴獨奏。帶著不安與疑心的琴音向上爬升，更加撩撥心弦。面對樂團一步也不退讓，鋼琴支配了整個表演廳。

不，不是整個。

S座，剛好就在鋼琴正面的岬，只有他逃離了東條的束縛，自己也敲打著虛空中的琴鍵。知道這個事實的，只有坐在旁邊的天生。不知不覺間，天生的意識也被切斷，交互看著東條和岬。

定音鼓與鋼琴的競演開始了。兩種樂器協奏著，宛如在彼此對話。帶來的是快樂與痛苦、安寧與危險。兩種相反的要素相互纏繞，上下起伏，朝向終局邁進。東條的鋼琴不見半點鬆懈，堅決有力地反覆著上升與下降。

相對地，岬的指頭也毫不遜色。不僅沒有依從東條，在某個樂句甚至展現出凌駕東條的強而有力。天生的感覺完全被分斷，耳朵聽著東條的琴音，眼睛盯著岬的運指。

樂團依偎著鋼琴獨奏，悄悄窺伺登場時機。

在來訪的再現部中，鋼琴與管弦終於爆炸開來。兩者的音量不分軒輊，東條的擊鍵達到最強，不只是觸碰聽眾的皮膚，甚至撞進骨頭裡。樂音彷彿要隨著狂舞的旋律升上天際。即便如此，鋼琴仍具有壓倒性的支配力。東條纖細的身體，到底哪裡隱藏著如此的力量？愈看愈覺得鋼琴家甚至也算是一種運動員。

岬的表情已經沒有任何緊張和猶豫了。相對於嘴唇抿成一字型、表情緊繃的東條，岬的神情就宛如浸泡在羊水中的胎兒般安詳，一心一意地彈動手指。

錯不了。

岬會彈琴。否則不可能做出如此正確的運指。那麼，為何他會像那樣擺出對古典音樂避之唯恐不及的態度？進入音樂廳前後判若兩人的態度，讓天生混亂極了。

樂曲再次轉調，以第一主題為中心，轟轟烈烈地前進。這種磅礴氣勢，就是《皇帝》最大的特徵。一聽就讓人元氣大振，不僅是因為樂想豪放，也因為第一主題運用得極為巧妙。

鋼琴切碎時間，小號戳刺著最後方的牆壁，雙簧管和低音管在地面爬行。構成樂曲的每一個樂器沒有埋沒其中，而是主張自己的存在，起伏編織出和音。

平常的話，天生也會徹底沉浸在音樂的愉悅之中，解放身心才對。可是在鄰座彈奏著看不見的鋼琴的岬不讓他這麼做。對於看過、聽過上百遍《皇帝》演奏的天生來說，他甚至可以聽見岬彈奏出來的琴音。

天生整個人意外極了。演奏著虛空中的鋼琴的岬，表情是前所未見的幸福。是不管在上課中，或是與老師和研習生說話時，都絕對不會顯露出來的、截然不同的表情。像孩童般純真、像哲人般莊嚴、像墮天使般妖艷。

天生更加混亂了。哪一張臉，才是岬真實的臉？

舞台上正節奏十足地演奏著第一主題。那是進入尾聲前刻意的輕快。鋼琴漸漸爬高，並徐徐提高音量。

主題再次迸發。

所有的樂器勇壯地高歌。向前奔馳，吐出先前積蓄的一切熱情。疾風怒濤，聽眾被樂音的巨浪席捲，帶往終局。能夠抗拒這波浪濤的，應該就只有在不同的空間演奏的岬吧。

很快地，最後的鋼琴獨奏到來了。旋律依依不捨地深情舞動，稍停之後，與法國號相互交纏。這是最後的序奏。

第一主題再次重現。鋼琴彈奏著激烈的琴音，唱出大合奏的旋律。

黑田的指揮棒一甩。

畫下豪壯的句點，第一樂章結束。

瞬間，緊繃的空氣鬆弛下來，全場同時傳出嘆息聲。

然而吐出一口氣後的岬，表情十分複雜。他大夢初醒地看向天生，表情突然羞恥地扭曲了。

「你到底是誰？」

聽到天生開口第一句話，岬仍顯得不知所措。

「我也是古典樂迷，看得出你的運指不是在亂彈。你剛才彈出來的，是正確無比的《皇帝》。你會彈鋼琴。而且技術高超無比。」

但岬不讓他說完。樂曲還沒結束，他卻突然站起來了。

「喂。」

「對不起，我要走了。」

「第一樂章才剛結束……」

「你太過分了。」

岬這句話貫穿了胸膛。疲憊的笑容讓人看了心痛，震動心弦。

「我走了。」

背對靜靜地開始的第二樂章，岬消失在表演廳後方的出口。

III

Stretto crescendo

ストレット クレッシェンド

～緊張而漸強地～

緊迫して　次第に強く

1

上學期的課程結束後，沒有喘息的空檔，緊接著實習開始了。司法研習生會依序輪流在檢察廳實習三個月、法院實習六個月、律師事務所實習三個月，接受各單位資歷豐富的老師指導，並經驗實務。和課堂上課不同，處理的是現在進行式的案子，因此研習生的緊張也非同小可。

天生那一組首先被分發到埼玉地檢研習。從和光市站轉乘電車，車程三十分鐘。再從浦和站徒步約十分鐘，抵達埼玉法務綜合大樓。縣政府和埼玉地院相鄰，因此有種大樓橫向延伸的印象。

「我有點緊張得發抖了。」

羽津站在正面玄關一動不動，就像在克制顫抖。

「和研習所相比，好像從氛圍就大不相同。怎麼說，有種緊張感。實際上在檢察官的辦公室，現在也正在對嫌犯進行偵訊吧。」

「討厭啦，羽津同學別說了，害我都被你傳染緊張了。」

旁邊的美波表情也緊繃起來。她想打趣地一笑置之，但似乎沒有成功。

「仔細想想，也有強暴和殺人案的嫌犯在這裡進進出出。」

平常不會表現出感情的美波在遮掩情緒。因為難得一見，天生好一陣子無法將目光從她身上移開。

但天生自己也一樣緊張。有種被看不見的繩索緊緊纏住的感覺。先不論講師一樣是現職司法人員這一點，被放進去的環境完全不一樣。如果說研習所是溫室，那麼現場真正就宛如降下秋霜、射下烈日的荒地。軟弱的秧苗還來不及長大，就會先枯萎了。天生自以為已經立定覺悟，卻依然無法壓抑動搖。

然而看看岬，又是什麼模樣？

他一如往常面帶微笑，沒有摩拳擦掌或是緊張的模樣。甚至有種要去買東西的輕鬆。

「你還是老樣子。」

天生諷刺說，岬也只是愣住：

「什麼？」

「你這輩子有過緊張的經驗嗎？」

「當然有一堆呀。」

「看起來完全不像。我們正要踏進檢察訊問的現場呢。」

結果岬對天生露出不可思議的表情說：

「我們不是要去競爭優劣，也不是要去展現個性。完全沒有必要緊張吧？」

「實習期間，也有可能遇到黑道或心理異常者。」

「一樣都是人啊。」

天生本來還想更進一步吐槽，但結果還是裹足不前。岬總有些不食人間煙火，這是眾所周知的事實，但三得利音樂廳那件事，讓他不得不刷新想法了。岬並不是單純的不食人間煙火，感覺他是主動與人間保持距離。

離席的剎那，岬的臉上顯露出憤怒的感情。他對著眼前的人，指責「你太過分了」。也因為這是第一次看到岬攻擊別人，天生好半晌都說不出話來。

當然，他反省了。因為岬似乎對古典音樂過敏，就對他惡作劇，自己真是個無可救藥的幼稚鬼。就算再怎麼嫉妒岬，也不該做出在人家的便當盒裡放青蛙這種幼稚的行為。

但即使撇開這一點，岬的反應也超乎預期。而且舞台上在演奏《皇帝》的時候，岬的指頭做出媲美鋼琴家的動作。那不管怎麼看都不是外行人的運指。非但不是外行人，那動作甚至遠勝於一路學鋼琴到高中的自己。

接近完美的運指。然而擁有這種技巧的人，卻徹底避開音樂。這極度的矛盾讓天生困惑極了，他好幾天都不知道該怎麼和岬說話。

相對地，岬若無其事地和他打招呼。這讓天生甚至困惑自己對岬來說到底算什麼，但對岬來說，這似乎不是值得煩惱的問題。

罪惡感和自我嫌惡折磨著天生，但他的身分容不得他一直陷在這裡頭。他決定總之避免觸碰音樂話題，即使只有表面也好，要繼續和岬打交道。

四人進入大樓，依照導覽板的指示，前往地檢刑事部。平凡無奇的走廊上，牆壁貼著宣導海報類。外觀和市公所沒什麼不同，但是在正面玄關感覺到的緊張更加高漲了。

天生忽然向後看，不出所料，羽津和美波的表情都很僵硬。

「雖然不想說是被嚇到了，但我不是立志當檢察官，或許是對的。」羽津說。

「才實習第一天而已呢。」

天生有些傻眼地說。兩個月的課堂上課已經讓他徹底瞭解到，本人的志願和資質往往並不契合。有時想當法官的人適合當檢察官，相反的情形也不少。實習或許就是一種鑑別資質的作業。

「搞不好在實習尾聲，你會認定自己只有成為檢察官一條路。」

「會嗎？這種國家公務員的氛圍我實在……我之前上班的汽車廠商，在好的意義上就像個大家庭，待起來很舒服。」

「確實，難以想像像個大家庭的檢察廳呢。」

立志成為律師的美波也同意地點點頭。

「再說，以定罪率百分之百為目標的組織，也不可能氣氛溫馨。這話不是學羽津同學，但這裡的氣氛實在很憋。」

「你們兩位都太天真了吧。比起職場環境，更重要的是資質的問題。氛圍那些，整天呼吸就會習慣了。如果不習慣，就應該改造身體才對。」

閒聊就此打住。一打開刑事部的門，蒲原正在等待四人。

「來啦，未來的檢察官們。」

蒲原以不適合他的笑容迎接，但希望四人都進入檢察體系，只不過是客套話罷了。其實他只想要岬一個人的真心是欲蓋彌彰，天生無法把他的話當真。

「你們實習的第一站是我們埼玉地檢，也算是某種緣份吧。雖然時間不長，但好好親身感受檢察為何物吧。」

辦公室裡除了蒲原，還有幾名疑似檢察官的人，但只有幾人朝他們瞥了一眼，看起來並不歡迎。但眾人肅穆地執行自身工作的模樣，看在天生眼裡，反而顯得可靠。

「這是研習課程的一部分，所以實務方面，我也很想仔細教導，但我也有自己的日常業務要處理，所以你們研習生有任何問題，都找他詢問吧。」

站在蒲原旁邊的男子笑也不笑地說：

「我是事務官丹羽。」

檢察事務官是通過國家公務員一般職考試後，分發到各地檢，算是檢察官的副手。事務官負責所有的檢察業務，有時也會代理檢察官對嫌犯進行偵訊。

丹羽這個人和蒲原一樣不熱情，而且予人極度冷漠的印象。甚至讓人忍不住猜疑他是不是從一開始就瞧不起司法研習生？

「進入實務以後，你們應該就會深刻的感覺到，在許多的地檢當中，交到埼玉地檢手中的案子，有不少是受到社會矚目的凶惡案件。一般說法認為，相對於警視廳[8]的高破案率，埼玉縣警的破案率很低，所以罪犯都跑來這裡，姑且不論這個說法的真假，案子很多是不爭的事實。比起在其他地檢研習，應該可以累積更多的經驗。」

雖然看不出是自虐還是自誇，但這種說法，就像在炫耀自家泳池有多深。

蒲原唐突地望向岬：

「岬檢察官以前也在埼玉地檢大顯身手。即使說是在這裡的經驗，奠定了岬檢察官的基礎也不為過。你身為他的兒子，在實習一開始就被分發到這裡，或許也算是命中注定。」

還未開始研習，就露骨地另眼相待。雖說在上課時就已經習慣了，但這不是應該在眾多檢察官及事務官面前做的事吧？天生感到憤慨。

然而岬的反應令人爽快：

「我不認為這是命中注定，只是單純的巧合罷了。」

儘管壓抑著感情，但這種說法，已十足傳遞出他的困擾。

但這種程度不會讓蒲原打退堂鼓：

「這樣嗎？可是，不管是命中注定還是巧合，有些事情，都不是本人的意志能夠左右的。檢察官、法官，還是律師？或許你們自以為在選擇出路，但其實是工作在選擇你們。這就是所謂的資質。」

岬仍舊端出一張撲克臉，但天生察覺他正拚命克制著不悅。不少人痛恨被人說有其父必有其子。

8 日本各都道府縣設有警察本部，唯獨東京都的警察本部稱為警視廳。

「我的訓話到此為止。從現在開始，你們會被當成埼玉地檢的職員看待，好好記住。」

聆聽完檢事正的訓詞之後，天生等人立刻被派去見習檢察事務。

「你們當然都在司法研習所學過了，應該也不用我再教了。」

丹羽的話中在在滲透出諷刺。雖然不清楚這是丹羽的個性，或是事務官的風氣，但不管怎麼樣，天生都暗自決心等他成為檢察官後，一定要把丹羽當牛馬使喚。

「除了警方送來的案子以外，檢察官還會偵辦直接向地檢提告的案子，還有檢察官主動偵查的案子，決定起訴或不起訴。檢察官要蒞庭起訴案件的審判，提交證據、訊問證人，證明嫌犯的犯罪行為，必須努力正確且迅速地證明罪行，讓法官充分理解審理內容。」

聽起來就像在朗讀檢察廳的指導手冊，但莫名地適合丹羽的風貌。

「除此之外，為了獲得國民的信用與信賴，必須隨時追求達到定罪率百分之百。抓錯人或是冤案，是連一件都不能發生的。因此除了正確迅速以外，檢察官還必須精準細緻。在研習所，你們應該已經聽到耳朵都快長繭了，但秋霜烈日的徽章不是戴好看的。必須以更勝於對嫌犯的嚴格態度，來處理業務。那麼，現在就進入實務。」

一開始的實務，是為移送檢調的案子核對證物。關在辦公室裡，將警方送來的每一起案子，仔細比對清單和證物內容。若有遺漏，就連絡補足。但每一起案子的證物，包括筆錄在內，數量龐雜，天生等人一下子就面臨了數量上的壓力。

證明犯罪，就是一步一腳印地累積事實。沒有絲毫電視劇上看到的那種浮誇，和華麗也沾不上邊。天生等人親身體驗到現實的情況。

四人分工合作，進行比對作業，這時天生忽然被手上的案子勾起了記憶。

『川口市繪本作家命案』。

他在忽然湧出的好奇心驅使下，先讀了筆錄。沒錯，就是他在某天早報上讀到的，筆名Makibe Rokuro的繪本作家被妻子殺害的案子。記得是三月二十五日發生的命案，現在移送檢察，時間應該算是差不多。

岬說他也對這起案子感興趣。還說妻子為何殺害也是工作夥伴的丈夫，讓他耿耿於懷。

「岬，你看。」

天生亮出筆錄的一頁，給在旁邊專心核對的岬看。直覺靈敏的岬，光是這樣似乎就理解他的用意了。

「待核對的證物丟在這個紙箱裡，意味著接下來還要進行檢察訊問。」

「是啊。」岬應道。

「你不會想要快點自己來進行檢察訊問嗎？」

岬稍微想了一下，低喃道：

「用不了一個星期，即使不願意也得做吧。」

「這麼不起勁？」

「這話不是學蒲原老師，但我們沒有選擇權。」

「如果有必要，會是案子選擇我們嗎？這也太宿命論了吧？」

天生輕描淡寫地帶過，但岬的話卻不知為何殘留在心底。

姑且不論是否真是命運弄人，天生等人真的有機會參與繪本作家命案的檢察訊問了。剛結束模擬演習後，等待著天生等人的，是如同事前預告的檢察訊問。

訊問在各檢察官的辦公室進行。蒲原坐在背窗的辦公桌，右邊坐著丹羽。背對窗戶，是為了利用逆光，讓嫌犯看不清楚檢察官的表情。兩人的桌上放著電腦，連接設置在辦公桌之間的列表機。天生等四人站在房間角落，迎接嫌犯。蒲原訊問嫌犯，丹羽將問答內容製作成筆錄，而天生等研習生這次只是傍觀對話，不容許插口。

辦公室裡只有鐵製內務櫃和檔案櫃，冷清到了極點。這樣的冷清也有它確切的理由，問訊期間，警察也不會入內，因此要極力避免放置會讓嫌犯拿來當武器的物品。

「案子發生在三月二十五日，川口市青木。」

在嫌犯進來之前，丹羽簡單說明案情。

「本案為繪本作家Makibe Rokuro，即牧部六郎，遭到其妻牧部日美子刺殺的案子。縣警基於凶刀上有日美子的指紋這項事實，將她逮捕，移送檢調，但嫌犯從一開始的偵訊就持續否認犯案。此外，被害者的手機從現場遺失，警方判斷是被嫌犯拿走了。」

羽津和美波似乎想起了報上內容，各自點頭。

相對地，天生剛好事前仔細讀過了縣警調查員製作的筆錄。從筆錄上可以看到的，是縣警備齊了狀況證據及物證之後移送檢察廳的自信，以及相對之下牧部日美子無謂的徒勞抵抗。

警方和檢察官的訊問，內容不會有太大的差異。自白案件的情況，只要能問出犯罪動機、手段及機會這三者，和警方筆錄取得整合性就行了。

但否認案件就不同了。如果能在檢察訊問的階段從嫌犯口中得到自白，在審判時就不用手忙腳亂了。

丹羽的概要說明結束後，蒲原徐緩地開口：

「如果在偵訊途中突然提到，你們或許會感到混亂，所以我要事先聲明。等一下要過來的嫌犯，和我認識。」

天生驚訝地看向蒲原。

「因為被害者牧部六郎是我的大學朋友。他成家以後，我也去過他家幾次，所以認識他的太太。當然，用不著說，就算認識，我也絲毫不打算手下留情。」

天生聽著，覺得可以接受。若嫌犯是親戚，承辦法官和檢察官通常會被調離迴避。但如果只是普通認識，就不在此限。

「但反過來說，只因為認識，偵訊時就特別苛刻，也是錯的。不慍不火，普通地應對就行了。說到底，這種態度才能確保公正。那麼，開始了。」

蒲原指示開門，一名女子進來了。

嫌犯牧部日美子，四十二歲。

她素著一張臉，頭髮在後腦梳成髻，穿著像居家服的上衣，鞋子是穿舊了的運動鞋。日美子一樣以創作繪本為業，丈夫負責文字，本人是畫家。不管是作家，還是畫家，因為都關在家裡工作，所以或許對外出服不怎麼講究。或是拘留讓她過於疲累，連打理外表的餘裕都沒有了？

不只是服裝，表情也能看得出她的疲憊。眼窩明顯凹陷，皮膚也失去光澤。儘管聊勝於無地塗了口紅，卻無從遮掩嘴唇的乾燥龜裂。

「蒲原先生……」

蒲原打斷她的話：

「好久不見了。但現在我們是嫌犯和檢察官的身分，請避免私人談話。」

蒲原那極為公事公辦的語氣，讓日美子露出遭到背叛的表情。

「請說出妳的姓名、年齡、住址和職業。」

「牧部日美子，四十二歲，住址是川口市青木六丁目三—五，職業是繪本畫家。」

「請說出家庭成員。」

「我和外子兩個人住，沒有小孩。」

「三月二十五日早上八點左右，妳的丈夫牧部六郎倒在一樓廚房，渾身是血，遭人刺殺。遺體附近掉落著凶刀的菜刀。就是這把刀。」

蒲原從檔案裡取出一張紙，遞到日美子眼前。是凶器照片的影本，刀長約二十公分的柳刃刀，彎曲的部分沾滿了血跡。

「經過司法解剖，發現牧部是在前天晚上遭到殺害。應該和丈夫同住的妳，當晚人在哪裡？」

蒲原不揭露解剖得到的死亡推定時刻，是希望嫌犯不小心暴露祕密。當嫌犯說出只有凶手才可能知道的被害者死亡時間，就等於自己勒住了套在脖子上的繩索。

「前天晚上我和外子吵架，九點多就離家了。」

根據偵查資料，警方向鄰居詢問，得到牧部家傳出兩人爭吵聲的證詞。司法解剖的結果，死亡推定時刻是前晚九點至十一點，因此如果日美子刺死丈夫後，就此離家，時間上也吻合。

「離家之後，妳去哪裡了？」

「離家之前，外子叫我滾回娘家。我被他激怒，當場回說回娘家就回娘家。」

「妳娘家在哪裡？」

「盛岡。離家的時候，我是真心要回去盛岡的，可是在前往上野站的途中，回心轉意，打消了念頭。可是馬上就回家，也覺得尷尬，所以我在上野站前面的網咖過夜。」

「妳是幾點回家的？」

「隔天早上十點左右。我看到屋子前面停著好幾台警車，奇怪出了什麼事。進屋一看，發進家裡有刑警，他們帶我看了外子的屍體。」

日美子暫時打住了話，嚥了口唾液。

「後來我被帶去川口警察署，被採了指紋和唾液。我說明和外子吵架的事，結果警察說指紋一樣，就把我逮捕了。」

二十四日夜晚，日美子在網咖過夜一事，可以透過店家的記錄輕易證明。但這並不構成不在場證明。因為即使她先殺害丈夫後再離家，時間上也不矛盾。

「妳說妳和被害者爭吵，原因是什麼？」

「是對創作的觀點不同。」

「請詳細說明。」

「我們夫妻的工作，幾乎都是合作出書。外子構思故事，我依照情節畫插圖。我們合作了很多年，即使不用說出口，也明白對方想要在作品裡面放進什麼訊息。可是就只有那一天，我怎麼樣都無法理解故事的主題。」

「繪本是幼兒或小學低年級以下的小朋友的讀物，對吧？需要什麼值得兩個大人大動肝火爭吵的主題嗎？」

「外子原本想要寫純文學，他的態度是，主題的選擇和角色塑造比插圖更重要太多。一直以來，我也都妥協配合外子，但是在討論下一本作品的構想時，我實在是無法接受……」

「具體來說，是什麼地方意見相左？」

「外子說，即使是繪本，批判精神也是不可或缺的。所以下一部作品，他打算融入政治批判。但我認為對兒童讀物來說，政治諷刺還是太早了，所以發生了衝突。」

一直面無表情的蒲原微微低下了頭：

「是否要在作品當中放入政治批判——只為了這點理由，妳就刺殺了丈夫嗎？」

「我沒有殺他！」

相反地，日美子昂然抬頭。

「因為意見不同，我們發生了爭吵，可是我怎麼可能因為這樣就殺他……」

「但是，凶器的菜刀上面只有妳的指紋。」

「因為只有我一個人會下廚，菜刀上有我的指紋，是天經地義的事。」

「評價的部分，是不是也是爭吵的原因？」

蒲原投以刺探的眼神，日美子的臉色變了。從朋友的妻子口中問出自白，是什麼心情？比起日美子，天生更同情蒲原。

這絕對是切身問題。有朝一日，當自己成為檢察官時，遇到像這樣詰問朋友、熟人的場面，可能性也絕不是零。這是在課堂上也探討過的問題，就像蒲原在這場偵訊的開頭宣告的那樣。不管對象是否認識、是什麼來頭，都沒有關係。存在於那裡的，就只有譴責的人，和被譴責的人而已。

「雖然是合作，但作家和畫家的話，受到矚目的還是作家。繪畫部分，怎麼樣都只是陪襯而已。」

「我根本沒有在意過這個問題。」

「這樣嗎？說分工是很好聽，但除非妳丈夫創作出故事，否則妳也畫不出圖畫。換言之，是作家主導。即使收入是合計，稿費和版稅那些，應該也是分開計算。妳們不是丈夫與妻子，而是在作家和畫家這樣的關係上出現對立，是嗎？」

好半晌之間，日美子只是瞪著蒲原，一聲不吭。那表情像是在說「不用我特地說明，你也清楚吧？」

「我沒想到你會說出這種話。」

「因為是我，才會說這種話。」

蒲原眉頭一皺，就像咬到了什麼苦澀的東西。

「不知幸或不幸，我清楚被害者的個性和為人。牧部六郎從學生時期，就具有近似左翼的思想，總是對國民政治、黨派政治抱持批判態度。該說是本性難移嗎？即使成為繪本作家，他依然要反抗社會。就像妳提到的，他長年來一直努力成為純文學小說家，但發現這個願望不可能實現後，便轉為創作繪本，這時他的反社會傾向變得更加顯著了。這種人在家庭裡，就算表現得宛如暴君，也不足為奇，即使妳會起而反抗，也是非常自然的反應。」

「不是這樣的。」

日美子拚命否定。

「外子確實比別人更熱衷投入政治運動，但是他在家裡，從來不像個獨裁者。」

「日美子女士，請妳聽好。妳在這裡供述的內容，會成為檢察官筆錄，呈交法庭。如果妳先生被認定為有家暴傾向，當然也會有酌情量刑的餘地。」

「我不需要什麼酌情量刑。我沒有殺我丈夫。」

與日美子互瞪之後，蒲原短暫地嘆氣：

「偵查還在持續進行。妳已經找好委任律師了嗎？」

「沒有。」

「檢方不會介紹律師，但我勸妳盡快委任。我可以告訴妳律師會的連絡方式。那麼，今天的訊問就……」

就在這時候——

「對不起。」

蒲原話聲未落，岬就出聲了。

「我可以提問嗎？」

這突如其來的要求，似乎讓辦公室裡的人都傻住了。岬趁著原本應該要制止的蒲原和丹羽幾乎啞然的時機，繼續說道：

「為什麼日美子女士使用本名，牧部六郎先生卻使用筆名？」

聽到這個問題，日美子難掩困惑的樣子。她轉向岬，訝異地反問：

「這和這次的事有關嗎？」

「是否有關，或許要看妳的回答。」

「什麼意思？」

「希望妳可以先回答我的問題。」

「已經夠了吧？」

蒲原插口制止，可能是覺得繼續爭論下去，也不會有結果。

「不要用不需要、不緊急的問題攪亂嫌犯。」

「抱歉。」

儘管唐突地發言，岬卻乾脆地罷休了。天生無法理解他在想什麼。

總之，檢察訊問暫時結束，牧部日美子前往警官等待的外面。

「不少嫌犯即使到了檢察訊問的階段，依然否定犯行。」

蒲原慵懶地搖著頭說。

「但是從那樣的嫌犯口中問出自白，就是檢察官的本事。即便對方是認識的人也一樣。」

天生覺得這樣的信條值得敬佩，卻也覺得蒲原像是在勉強自己。

「今天的檢察訊問結束了。各位研習生可以解散了。」

2

實習第一天結束後，天生尋找岬的身影，發現他留在蒲原的辦公室裡。

「你在幹麼？」

「不用擔心，我先徵得丹羽先生的同意了。」

「不是啦……」

仔細一看，岬似乎正在重新進行證物的核對作業。

「不是已經對完了嗎？」

「核對結束了，但還沒有仔細檢查。」

紙箱標籤上標明是牧部六郎命案的偵查資料。岬正在讀的是一疊Ａ４紙張。

「那是什麼？」

「檢察訊問時提到的繪本作家Makibe Rokuro的新作品，應該就是這個。」

「不管那個，你是怎麼了？居然在老師偵訊時從旁插口。難得蒲原老師那麼欣賞你，不怕打壞印象嗎？」

「不小心就插口了。那真的是無意識的行動。」

「那不叫無意識，叫目中無人。你到底是不中意什麼？」

「不是不中意，是介意。」

岬遞出來的那疊紙是稿紙。

「這就是加上政治批判的作品嗎？」

「我不知道其他繪本作家的作業流程，但牧部先生應該是先把稿子寫好，再交給日美子女士。」

「你已經讀過了嗎？」

「非常耐人尋味。」

「該不會是無產階級的兔子消滅腦滿腸肥的資本家狸貓的創作童話吧？」

「是有兔子登場，但故事不一樣。」

稿子的第一頁記載了標題和作者名。

《紅兔子搖滾　作　牧部六郎》。

「好勁爆的標題。」

「對現代的小孩，一定需要這麼強烈的訴求力吧。你先讀讀看。」

自從小學畢業以後，就再也沒有讀過繪本了吧？可是如果是連一頁插圖都沒有的稿子，感覺應該讀得下去。

故事是這樣的內容：

從前從前，深山裡住著一隻紅兔子。不知道是老天爺惡作劇，還是先天性疾病，兔子全身上下紅通通的。

深山裡，白兔子與黑兔子各別群聚生活。以人類的世界來說，是原始共產制，只要隸屬於團體，就不必擔心餓肚子。但一旦離開團體就完了，必須自己一個人設法覓食。

紅兔子嗅覺不靈敏，跑得也不快，實在不可能單槍匹馬活下去。牠必須加入白兔子或黑兔子的團體。

紅兔子奮鬥的日子開始了。進入冬天，牠就在雪地裡打滾，讓全身變成白色的，混進白兔子當中。否則就跳進泥漿裡，把全身搞得黑麻麻的，混進黑兔子裡。但如果遇到雪融或下雨，紅色的體毛就會立刻露餡，被兩邊的兔子趕出去。

紅兔子成天提心吊膽，擔心自己真正的體色何時會曝光，結果某天和一隻猴子成了好朋友。

「我的身體也有很多紅色的地方。你跟我很像。」

但不管感情再怎麼好，兔子還是只能和兔子活在一起。紅兔子說出自己的煩惱，猴子便傳授一計：

「把某種野草磨碎塗在身上，就可以把毛染成黑色，就算下雨也不會掉色。」

紅兔子興匆匆地問出野草的特徵，但猴子也不忘警告牠：

「可是，我聽說也有人染色失敗。我這話是為你好，你還是打消這個念頭吧。」

然而紅兔子別無選擇。牠把猴子告訴牠的野草磨碎，全身浸泡在汁液裡，結果體毛一下子就變黑了。

這下就不怕被趕走了。紅兔子安心地加入黑兔子當中，然而平靜的日子卻不長久。也許是野草的成分使然，紅兔子全身長滿了濕疹，日漸奪走了牠的體力。

就在這時，開始有外來者進出兔子的地盤。紅兔子看到那個外來者，大吃一驚。因為牠也是全身鮮紅色的兔子。

白兔子和黑兔子對那個外來的兔子都非常冷漠。牠們不肯把食物分給牠，牠只是想要靠近，就咬牠攻擊牠。紅兔子儘管同情，但如果出面包庇，自己也有可能被懷疑是同類。紅兔子拚命隱藏同情心，也一起去咬外來的紅兔子。

不久後，冬季到來，外來的兔子死掉了。死因是飢餓和傷口惡化。

「我做了什麼事！」

紅兔子哭著向屍體道歉。牠哭了三天三夜，感覺全身的水分都要哭乾了。

很快地，問題浮現了，在換季的時候，兔子們也到了換毛期，好不容易染成黑色的紅兔子的毛一口氣脫落了。黑毛脫落的地方，又長出了鮮紅色的體毛。

但是，紅兔子再也不用其他的顏色隱藏自己了。被白兔子與黑兔子雙方迫害的日子開始了。即使如此，紅兔子看起來依舊心滿意足。

「……看不太懂耶。」

天生的第一句話，是他直率的感想。

「喔，想要表達的意思，我依稀可以理解啦。這是在比喻思想轉向的活動家吧。舉個直截了當的例子，就是以前的獵殺共產赤色分子。解釋為假借兔子比喻社會主義者或共產主義者害怕遭到迫害，東逃西躲的樣子，就可以理解。蒲原老師不是也提到嗎？被害者牧部六郎從學生時期，就有著左翼思想。」

「也就是說，作者是在表達他不管受到任何迫害，都不會扭曲思想信念的意志嗎？」

「嗯，這樣的話，嫌犯日美子會對內容提出異議，也可以理解。再怎麼樣，這種童話都不是給小孩子看的。既悲慘又殘酷，根本沒救。最後也是壞結局。」

「可是像格林童話，原作也十分殘忍啊。」

「就算當成純粹的童話來看，還是很糟糕。一點都不緊張刺激、不爽快，也沒有教訓寓意。就算叫人配合這種劇情畫圖，也只能畫出陰沉到家的東西。首先，這童話哪裡搖滾啦？」

「應該是在說主角的人生態度很搖滾吧。其實除了內容以外，還有其他讓我在意的地方。你看看作者的名字。」

「牧部六郎不是嗎？」

「你不覺得奇怪嗎？身為繪本作家時，他應該是使用『Makibe Rokuro』這個筆名。我查了一下，他已經出版的作品，全部都用筆名統一。然而這部作品，卻是本名牧部六郎。」

「因為是原稿吧。一定是在出書的時候才會改成筆名。」

「何必那麼麻煩？從初稿的時候就用筆名就好了。」

「作家這種人就是彆扭吧。」

「那是偏見。一定有什麼其他的理由。」

岬意外地固執己見，不肯退讓。那確信十足的口吻，讓天生也漸漸失去自信了。

「不過因為它的內容，讓牧部夫妻發生爭吵，你對此沒有異議吧？」

「不，我反而認為這根本不構成爭吵的理由。」

「怎麼說？」

「若是忽略思想、信念那些——倒不如說，我不認為小孩子能理解什麼思想信念——反而會帶有寓言的味道，變得像童話。」

「寓言喔……」

確實，若是以這種角度來看，也不能說不像《喀嚓喀嚓山》或是《猴蟹大戰》。

「不巧的是，我對繪本或兒童文學並不熟悉，但我認為這種內容即使出版，也不會招來反感。所以牧部夫妻發生爭吵的供述，加上筆名的事，更讓我感到蹊蹺。」

「你怎麼對筆名那麼執著？」

「因為對作家來說，筆名就像是商標，一般都一定會留在自己所有的作品上。然而為什麼只有《紅兔子搖滾》要用本名來寫？我實在無法信服。」

「但只是因為你無法信服，就在偵訊中插口，這可是個問題。」

「不光是這樣而已。嫌犯牧部日美子從頭到尾否認犯行。從情狀來看，可以視為嫌犯在日常生活中長期受到壓迫，衝動之下行凶，因此可以酌情量刑。完全就像蒲原老師所指出的。然而她卻依舊否認，這也可以認為因為她是清白的。」

「……你說這話，腦袋還清楚嗎？說日美子無罪，等於是在指控埼玉縣警和埼玉地檢抓錯人了。」

「只要嫌犯徹底否認，我就無法完全信任檢警，只是這樣罷了。」

岬的眼神前所未見地嚴肅。

「這是要把一個人送上法庭，做出懲罰，再怎麼謹慎都不為過吧？還有一點。我用了另一種角度讀了這部《紅兔子搖滾》。」

「什麼不同的角度？」

但岬沒有回應這個問題。

「我同意你說的，對嫌犯的偵訊必須謹慎。那，具體來說要怎麼做？請蒲原老師或丹羽事務官陪同去犯罪現場進行勘驗嗎？」

「現場的東西鑑識都帶走了，什麼都沒留下吧。不過總之紀錄都在這裡了。」

岬指著紙箱說。確實案件詳細內容都在這當中了。不必踏入現場，只憑拿到的證據和本人的供述，釐清真相。就是要進行和檢察官一樣的工作。

天生在腦中迅速打起算盤。檢察訊問時，蒲原也因為無法讓日美子認罪而感到不知所措。檢方斷定凶手是日美子的根據，就只有鄰居的證詞，以及凶刀上她的指紋。換言之，如果能得到此外的物證，或是日美子的自白，檢方的工作就輕鬆多了。天生這些司法研習生的評價也會扶搖直上。

「除了牧部六郎的筆名以外，還有什麼令人介意的地方嗎？」

天生也伸手拿資料。打開檔案一看，剛好翻到牧部的屍體照片。首先是在現場發現時的全體照。下一頁是司法解剖前後的照片，有胸部創口的特寫照。

這是刑事案件，因此有屍體是理所當然，但還是不可能習慣。課堂上也看過好幾次，但看過屍體照之後叫他吃肉的話，他沒有自信能夠吃光。像美波，每次都會露骨地皺眉頭。

但岬即使看到躺在血海的屍體照片，或是開腸剖肚的照片，連眉毛都不會皺一下。

「你看到屍體也無所謂嗎？」

「看照片沒關係。要是親眼看到，或許會嚇到腿軟。」

「該不會連牙齒都還沒長齊的時候，你爸就拿辦案資料當繪本給你看吧？」

「怎麼可能？不過他有時候會把工作帶回家。」

「問你的意見嗎？」

「他不是那種會聽小孩子意見的人。」

只要提到父親，不知為何，岬的態度總是冷冰冰的。聊屍體的反應還比較正常，教人難以理解。

「屍體只有胸口的刺傷一道傷口。從正面遇刺，也可以佐證凶手是親人日美子。沒有防禦傷，是因為完全疏於防備吧。解剖報告書也說這一刀是致命傷。」

被刀長二十公分的柳刃刀刺穿，絕對不堪一擊。牧部可能連抵抗都來不及吧。

「直接的死因是出血性休克死亡。如果流了那麼多的血，正面的凶手一定會被噴到血。」

「會嗎？被害者穿的衣服，是聚酯纖維百分之六十五、棉百分之三十五、吸水力超強的質料。慢慢地把刀抽出來的話，應該就不會被噴到血吧？」

岬會提到噴出來的血，是有理由的。鄰居發現屍體報案，警方趕到時，廚房或洗衣機裡都沒有找到血衣。回家的日美子也一樣。她的衣物一樣沒有驗出牧部的血。

「日美子沒有淋到血，還有別的解釋方法。就是她犯案時穿著外套，從家裡前往車站的路上，把血衣丟掉了。這個季節，也有主婦會在家裡穿毛線開襟衫吧？」

「嗯，應該有這種人。」

岬應著話，但看得出有些心不在焉。

「你好像不滿意這個解釋？」

「我對女性的居家穿著不是很清楚，但是看看日美子女士，她不像那種注重外表的人。不只是不注重外表，對於家務整理，似乎也不太在意。」

日美子在各方面都粗枝大葉這個說法可以同意。天生看過犯罪現場的廚房照片，廚房亂到教人不敢恭維。調味料和保鮮膜不用說，像是平常使用的餐具和鍋子也沒有收起來，就丟在流理台旁邊。案發時間是前天晚上九點到十一點，因此晚飯應該都收拾完了，然而髒碗筷卻都丟在流理台裡沒有洗掉。

「她是繪本畫家吧？既然如此，平時的衣物，應該會挑選就算沾上墨水或顏料也沒關係的衣服。」岬說。

「應該也不是一年到頭都穿那種衣服吧？」

「當然了。但夫妻都在家工作，所以我想他們對於穿著打扮會比較隨便。」

「這是強詞奪理。」

天生看著調查員在搜索房屋時扣押的物品清單說。

「你過度陷入日美子是清白的想法了。所以才會拘泥於微不足道的細節和可能性。」

「不管再怎麼微小，既然有這個可能性，就不能遺漏。否則很有可能造成冤案，高遠寺老師不是這麼說嗎？」

「她也是有過度謹慎的地方。是那種如履薄冰，結果真的踩破冰的類型。」

天生說出口後，才慌忙東張西望。這是他在研習所說話時的習慣，但仔細想想，這裡是縣政府和地檢的共同大樓。

和岬聊著天，經常會一不小心就吐露真心話。天生不可能喜歡暴露真心，因此會試著防禦，卻會在不知不覺間被卸下心防。這也是岬的特技之一。成為檢察官以後，這會是一項厲害的武器吧。

「在課堂上，高遠寺老師一再提醒，法官必須比小動物更膽小。我認為不只是法官，只要是司法人員，都應該謹記在心。」

「她強調到有點煩人呢。」

「我想一定是高遠寺老師自己，或是親近的人，犯下過無可原諒的過錯。否則她不會那樣一再重複相同的忠告。」

「是這樣嗎？」

「深思熟慮的人，都會從失敗中記取教訓。」

有時候聊著，會讓人搞不懂岬的年紀。實際上天生應該比岬大兩歲，卻會陷入在和壯年人說話的錯覺。

「你以前到底是個怎樣的學生？說話有夠老成，或者說有夠像老頭的。」

「很普通啊。」

「是家庭環境的關係嗎？」

「我不太清楚別人家怎麼樣，所以難以比較呢。」

就在這時候——

辦公室的門打開，美波探頭進來。

「兩位辛苦了。」

嘴上慰勞，表情卻顯然是目瞪口呆。

「我聽丹羽事務官說岬同學自願來整理，怎麼可以這樣呢？」

岬愣住：

「不可以嗎？」

「還是研習生，就主動加班，根本是瘋了。你這副德行，就算以後進入檢察廳還是法院，也只會被操到死。」

「這是我自己要做的。」

「說你自己要做，可是已經把天生同學也扯進去了。」

天生有自己的算盤。他刻意不說出來，但美波直覺敏銳，八成已經察覺了。

「妳和羽津同學也要來參加嗎？」天生說。

「不好意思喔，我PASS。羽津同學也有其他功課要處理，一樣PASS。」

美波在紙箱前蹲下來，隨意看著內容物。

「岬同學，我可以問一下嗎？你為什麼這麼執著於這個案子？檢察訊問的案子不是還有其他的嗎？像是竊盜或詐欺。」

「因為嫌犯否認犯行。」

「嫌犯否認犯行的案子，多如牛毛。要是每個案子都下那麼多功夫和時間，不管你再怎麼優秀，也會搞到天荒地老。再說，這些案子又不要求我們研習生的意見。」

似乎不喜歡爭論的岬困窘地笑了笑，但眼睛依然盯著偵查資料。

「難道你相信日美子的說法？」美波問。

「我找不到可以全盤否定的材料。」

「殺人動機的話，解釋得通啊。」

美波那理所當然的語氣，引得岬望向她。

「蒲原老師提到作家和畫家的關係，以及死者偏向左翼思想，但那完全是男性角度的觀點。少了一起生活，覺得『受夠了』的女性觀點。」

「可以請妳進一步說明嗎？」

「檢察訊問的時候，你也看到日美子了吧？不覺得她根本放棄當一個女人了嗎？一般的話，就算是來接受偵訊的，因為第一印象很重要，所以最起碼也會化個妝，挑件好看點的衣服。可是日美子素著一張臉，身上也是居家服，教人難以置信。但如果說她對生活已經完全疲倦了，那就可以理解了。」

「牧部會家暴這件事，尚未得到證實。那完全是蒲原老師的臆測，嫌犯緊接著就否定了。」

「不是肉體暴力，是精神暴力。有些時候，精神暴力造成的傷害，比拳打腳踢還要嚴重。日美子的情況，十之八九是精神暴力。」

「妳的根據是什麼？」

「我說過我以前在公司當會計吧？那家公司是一家中型出版社。辭職以前，我是會計，但有段時期也參與編輯工作。我們出版社沒出過幾本，所以虧損才能壓到最低，但出版繪本真的是在燒錢。」

美波看上去連回想起當時都覺得厭煩。

「繪本和兒童文學有許多翻譯進來的外國作品，所以作家很多，出版數量也很多。以前小孩子很多的時代還好，但現在不是少子高齡化嗎？雖然有些作家很暢銷，但絕大多數都是工作量大幅下滑。其實在檢察訊問後，因為案子和出版有關，我稍微查了一下。繪本作家Makibe Rokuro出道，是距今十年前的事了。一開始有好幾家出版社向他邀稿，但最近只剩下一家專出童書的出版社叫芙洛爾出版的會給他案子。而且他已經長達兩年沒有新作品了。沒什麼人要邀稿的繪本作家和繪本畫家，收入能有多少？應該可以輕易想像吧。」

「一定相當慘澹吧。」

「日美子會用那麼邋遢的模樣來參加檢察訊問，一方面八成是她自己的個性，但經濟窮困，應該也是理由之一。生活困苦，一起生活的丈夫卻是個滿腦子批評政治的乖僻阿伯。這要是我，三天就受不了了。所以我非常清楚嫌犯的心情。在這種狀況下，就算會一刀刺死丈夫，也一點都沒什麼好奇怪的。貧窮會摧毀良心和倫理。」

美波將視線移回岬的身上：

「拘泥於供述的細節，很像你的作風，但是很遺憾，這不可能是冤案。就是日美子幹的。」

「謝謝。」

岬看似像被駁倒了，但儘管謙虛，他依然維持平素的頑固。

「脇本同學的意見很寶貴，我對女性的心理生疏，因此這番話非常值得參考。妳身為同性的分析，在法庭上一定也會得到支持。若是由辯方提出，一定能成為贏得酌情量刑的材料。」

「既然如此……」

「可是除非解決筆名的問題，否則我想繼續調查下去。妳說是旁枝末節，確實如此，但有時候事物的關鍵，就在旁枝末節上。」

「我真是不懂。」

「鋼琴家彈錯一個鍵，就毀了整首曲子，這種情況絕不罕見。」

3

隔天，天生和岬一到檢察廳，立刻被蒲原叫去了。

「丹羽向我報告了。你們昨天好像留到很晚？」

天生還沒開口，岬就走上前去：

「很抱歉。只是在一旁聆聽檢察訊問，我感到不是很滿足。」

「你最後提出的筆名的問題嗎？」

「許多人都斥責我，說那是旁枝末節。」

「確實。但就算是旁枝末節，置之不理也不是件好事。留意拘留期限，準備好百分之百能定罪的證據，予以起訴，有疑慮的部分就全部釐清，這才是檢察官應有的態度。

你想要解決小疑問的心態並沒有錯。不過，」

蒲原換了副語氣。

「檢察廳收到的案子堆積如山。如果只為了自我滿足而行動，會無法應付行程，進而影響到整體業務。」

「真的很抱歉。」

「你對一個案子的執著，我很肯定。但也要看程度。今天也有其他案子接踵而來。如果你們是檢察官，過度執著於一個案子，或許會造成其他案子延宕，超過拘留期限。時間到。即使罪嫌重大，也會因為罪證不足，而變成不起訴處分。如此一來，就等於是讓原本應該要在法庭上受到制裁的嫌犯，再次逍遙法外。你們理解這是多危險的事嗎？」

不起訴處分有三種情形，首先是查明嫌犯清白時的「無犯罪嫌疑」，再來是無法找到足以起訴的證據的「罪證不足」，最後則是雖然能證明犯罪，但嫌犯與被告達成和解，或考慮到嫌犯的年齡、境遇、情狀，認為無必要起訴的「緩起訴」。其中被檢方視為恥辱的，當然是「罪證不足」。

「定罪率高是好事，但罪證不足的情況太多的話，根本不用談。追求完美是理想，但遵守期限更重要。」

「是。」

岬乖乖低頭。但乖順的只有表面，他的內心在想什麼，天生甚至無法想像。應該是認為已經訓夠了，蒲原頓時放緩了表情說：

「別忘了我這番話，轉換心情，繼續努力實習吧。我說完了。」

看來只挨了一點訓就脫身了。

「謝謝。」

兩人行禮後，蒲原走近岬說：

「我剛才說的不是斥責，而是激勵。你可別為此沮喪。」

說完後，他拍了拍岬的肩膀。

離開辦公室後，天生吐出放心的嘆息。

「不管長到多大，被師長找去還是會心驚膽跳呢。」

「對不起，把你牽扯進來了。」

「蒲原老師都說不是斥責，而是激勵了吧？既然如此，你沒必要放在心上。再說，陪你調查，是我自己的意思。」

「但我不能再繼續給你添麻煩了。」

「繼續添麻煩？等一下，你打算繼續查下去嗎？」

「那不是斥責，而是激勵吧？蒲原老師沒有叫我們別碰這案子。」

「他叫我們轉換心情。」

「心情要轉換多少次都行。」

「真是，你到底是有多頑固？」

「是啊，有時候連我自己都覺得受不了。」

「……我也開始受不了自己了。」

「為什麼？」

「因為我又想奉陪你了。」

「不可以的。」岬在胸前揮舞雙手。「如果跟我一起，下次就不只是激勵而已了。」

「那就贏得讚賞就行了。」

天生猛地把臉湊近岬，就像在恐嚇似地說：

「如果就像你主張的，能夠證明日美子是清白的，檢方就能以無犯罪嫌疑，做出不起訴處分，免去扣分。相反地，如果你猜錯了，更進一步確定日美子的嫌疑，就能成為補強起訴處分的材料。不管往哪一邊發展，對檢方都有利。」

「但也有可能毫無成果，只是白忙一場。」

「到時候我可以在最近的地方看到你的窩囊相。老實說，這是我最期待的。」

「你真的很壞心眼。」

「上次你說我很過分，看來我愈來貨真價實囉。」

「那麼，請答應我一件事。」

岬的表情慢慢地凝重起來。天生最近才發現，岬在與人面對面說話時，動作和語速會稍微放慢一些。與其說是習慣，應該更是刻意為之吧。

「不管我在哪裡、進行什麼樣的調查，如果你感覺踏進了危險水域，請立刻逃走。」

「這未免太誇張了吧。聽起來簡直就像要去放火一樣。」

「你這個比喻，搞不好意外地命中紅心喔。」

這句可怕的話之後，岬又接著說：

「因為我要縱火的對象是消防署。」

這天的研習在下午五點二十分結束，幾乎與綜合大樓的下班時間一樣。

「那，你說我們要去哪裡？」

「芙洛爾出版社。」

「喔，那個和牧部合作到最後的出版社。」

「出版社在千代田區。離這裡滿近的，而且脇本同學說，編輯部這種地方，好像一直到很晚都還是會有人。」

兩人在麴町站附近迷路了一下，他們要找的芙洛爾出版社在新宿大道的巷弄裡。岬周到地先和對方約好了，因此沒有等上太久，就被請到會客室。

出版社是這樣的地方嗎？天生想。不曉得是不是芙洛爾的出版品，動畫角色的POP和海報裝飾在各處問候訪客。其中也有天生小時候熟悉的英雄角色。

沒多久現身的，是一名看上去三十多歲的女子，自稱是牧部六郎的責任編輯。

「敝姓菅石。」

「我是埼玉地檢的研習生岬，這位是天生。」

「以檢察官來說，兩位都好年輕呢。」

「我們還是實習生。」

天生在旁邊看著，腋下冷汗直淌。岬利用對方的無知，似乎沒有正確說明司法研習生的身分。

面對檢察廳相關人員，確實對方應該也比較願意開口。手段簡直像詐騙分子，但岬表明了研習生的身分，因此並不算撒謊。

在踏進芙洛爾出版社的玄關前一刻，岬要求交給他問話，但天生沒想到居然會是這種狀況。

「你們在調查牧部老師的命案呢。老師慘遭橫禍，真的令人遺憾。而且嫌犯居然是日美子老師。」

「既然您是牧部的責編，那麼也是日美子女士的責編囉？」

「對，因為他們有許多夫妻合作的作品。」

「這是在偵查命案，所以我必須詢問一些較私人的問題，請問就菅石小姐的觀察，他們夫妻兩人的關係如何？」

「如何……和他們討論作品時，兩位都是各別獨立的作家。他們總是說，不願意輕易妥協或是敷衍。所以關於他們夫妻之間的關係，我實在無從回答。」

「不願意妥協或敷衍，這是很嚴格的創作態度呢。但如果是不相關的人也就罷了，他們是生活在同一個屋簷下的夫妻，是否會出現某些摩擦呢？」

「你們認為這和這次的命案有關呢。」

「牧部夫妻的書賣得好嗎？」

躊躇片刻之後，菅石沉重地開口：

「坦白說不是很好。他們並非量產型作家，也不是流行作家。日美子老師也會和其他作家合作畫插圖，但版稅也相當微薄。」

「我聽說牧部先生剛出道時，和幾家出版社合作，但最近就只剩下芙洛爾出版社一家了。」

「沒錯，就是這樣。」

「理由純粹是因為銷量不佳嗎？有沒有什麼能歸責於牧部先生本人的理由？」

「我不想批評死者。」

但這話已經形同在批評死者了。不，這才是社會人士的禮節吧。

「說出故人的短處，或許能拯救嫌犯。」

「若要形容的話，牧部老師是個很有自我特色的作家。」

「年輕的時候，他似乎傾倒於左翼思想。」

「是從年輕的時候『開始』。」

訂正的方式有些尖酸。

「他最新的作品——不過也已經是兩年前的書了，那部作品也加入了政治批判。反派角色是將現任總理擬人化，不斷地給身邊的人惹麻煩，並中飽私囊，最後被主角打倒，是這樣的劇情。雖然是露骨的體制批判，但兒童能否理解是另一回事，所以不管是做為童話還是政治宣傳，都相當半吊子。」

讓還不懂事的小孩讀這種作品，是想要把人洗腦嗎？天生質疑。

「牧部先生從一開始就是這種風格嗎？」

「要說從一開始，實在不知道要回溯到哪裡才好……。牧部老師從二十多歲就立志成為作家，但並不是一開始就想當繪本作家，似乎是想要寫純文學出道。」

這和日美子還有蒲原說的一樣。

「但是不管再怎麼努力投稿，都拿不到新人獎。我也讀過一次他的投稿作品，怎麼說，太觀念、太抽象，或者說過度自我主張，文章也很生硬，實在不是達到商業水準的作品。」

「您說的自我主張，指的是思想信念嗎？」

「是的，整個很直接。牧部老師不停地持續這種打水漂般的投稿活動，突然轉為投稿我們出版社主辦的兒童文學新人獎，結果順利得獎出道了。但即使在兒童文學當中，他的作品仍濃濃地反映出他一貫的思想信念。在修正校樣的時候，我們都盡可能刪除了，但完成的作品依然可以看到影子。」

「牧部先生會乾脆地答應修改嗎？」

「完全不是。」菅石吃不消地搖搖頭。「作家裡面，有些人自我意識強烈，如果這能成為創作的原動力就好了，但牧部老師的情況，很多時候都是在空轉。『這句台詞不能刪』、『這個故事不可能是好結局』，總之很辛苦。我是老師的第三任責編，從這個數字，也可以察覺大致上的情況吧？」

也就是沒有人想當他的責編。

「作家很難搞呢。」

「還有，許多作家會從一般文學跨足寫作兒童文學，而牧部老師會批評或類似誹謗中傷這類一般文學的作家。那些批評完全暴露出牧部老師自己的自卑感，讓人聽了很刺耳。什麼今年的芥川賞作家某某的作品，根本是在抄襲國外作家某某、什麼直木賞得獎作還是老樣子，只會迎合大眾，毫無志氣，真的是口無遮攔。說著說著，還會發展成對兒童文學同業作家的壞話，糟糕的時候，還會對著我們編輯大發毫無生產性的文學議論。如果說不出老師滿意的回答，就會被他罵沒用。」

愈聽愈讓人覺得噁心。牧部六郎這個人不光是人品差而已，完全是人格有問題。想到這種人居然在寫兒童繪本，簡直就是笑話一樁。

「就連對只是工作夥伴的我們，他都是這種態度了，對於日美子老師，我想一定更過火。討論工作的時候，日美子老師感覺也都一直很緊張，我因為知道牧部老師平常是什麼樣子，所以格外同情她。」

「有家暴的樣子嗎？」

「我沒有觀察到。我沒看過日美子老師身上有傷或是瘀青。但即使沒有動手，用語言傷人，也是一樣的。」

「妳認為是日美子女士殺害牧部先生的嗎？」

「我不願意相信，但即使真是如此，我也覺得是情有可原。」

生活貧困，加上丈夫的語言暴力。天生想起了美波的話。在這裡問到的證詞，對牧部六郎的心證也是糟糕透頂，完全佐證是日美子的犯行。對於懷疑日美子或許不是凶手的岬來說雖然不利，但對於想要鞏固日美子嫌疑的蒲原而言，是很好的材料。

「對了，妳讀過牧部先生的下一部作品了嗎？警方在住家書房找到了稿子。」

「讀過了，《紅兔子搖滾》對吧？我也讀過初稿了。」

「我沒有讀過他以前的作品，所以不太清楚狀況，不過為什麼只有這部作品，是使用本名牧部六郎？」

菅石聞言，上身前傾，把臉湊了過來：

「其實這一點我也很在意。就像您說的，從出道的時候開始，老師就是用Makibe Rokuro這個筆名，然而卻只有這次，和日美子老師一樣用了本名。在初稿的時候就是用本名，我以為是筆誤，向老師確定，結果老師說『不是筆誤，出版的時候，也要用牧部六郎的名義出版』。」

「您問了他理由吧？」

「當然了。我問老師是不是打算轉換心情，但老師不肯明確回答。」

「話說回來，為什麼太太用的是本名，牧部卻是用筆名呢？兩人的姓名都用漢字，或是都用平假名，感覺比較統一。」

「負責老師的出道作的敝出版社編輯也指出過這一點。因為封面會將作家和畫家的名字並列在一起，那樣感覺很不平衡，所以請老師考慮一下，但牧部老師不肯回心轉意，就一直用到現在。」

「牧部先生也就罷了，但日美子女士那裡應該可以說服吧？」

「那位編輯好像也這麼認為，但似乎被牧部老師駁回說『沒必要連內人都用筆名。

再說，繪本作家和畫家名字不統一，又有什麼不好？』因為筆名是作家的自由，所以我們出版社也不能強制什麼。」

天生頓時感興趣起來了。岬提出的時候，他只當成旁枝末節，但是像這樣聽菅石描述，讓人覺得裡頭似乎大有文章。

「《紅兔子搖滾》是相隔兩年的新作品，牧部老師也說是他的自信之作。初稿已經完成，只等日美子老師的插畫完成，卻發生這種憾事……真是太遺憾了。」

天生忍不住差點驚呼。

一開始菅石對牧部的命案表達遺憾之情，但原來那不是在為牧部遇害感到同情，而是兩人的新作品無法面世，讓她感到遺憾。

「這位先生好像很驚訝？」

菅石看透了天生的想法。

「我當然也對他們夫妻之間的不幸感到難過。但新作品無法面世，更讓我感到不甘心。我想他們夫妻一定也有相同的感受。」

「對表現者來說，創作才是活著的證明……是基於這樣的想法是嗎？」

「有一位知名作家年僅五十九就離世了。棺木擺上了他生前的著作，但只有九部作品，聽說每家出版社的責編都非常懊悔沒有讓老師留下更多的著作。編輯和作家的關係，一定就是這樣的。」

菅石語帶驕傲地說。如果說因為天生是圈外人，也就如此了，但裡頭有著天生無法窺知的關係性。比起本人的生死，居然更看重作品的出版，這簡直太離譜了。

但是看看岬，他似乎完全同意菅石的話，極為理所當然地點著頭。

「對了，牧部的作品，這裡有樣書嗎？如果方便，我想拜讀一下。」

「需要的話可以借您。我們出版社自己有留樣書。」

「太好了。我會盡快歸還。」

趁著菅石離座時，天生小聲問道：

「可以嗎？看她那樣子，會把牧部六郎全部的作品都搬過來。」

「那很好啊。我聽說舊的繪本，有很多都絕版了。」

「你打算全部讀過喔？再怎麼樣，出道作跟這次的命案無關吧？」

「這要讀了才知道。」

岬慢慢地搖頭說。

「天生同學是貝多芬的粉絲對吧？只聽《第九號交響曲》，就能理解貝多芬嗎？」

這個比喻精準到令人咬牙，天生只能沉默。

「我拿來了。」

菅石抱著一疊繪本回來了。

牧部六郎已出版的作品全部有五本。比先前提到的作家還要少。

回程的電車中，岬立刻打開繪本。坐在對面的兩名女高中生一臉奇妙地看著他們。天生覺得這也難怪。貌似良家大少爺的帥哥一臉嚴肅地在讀兒童繪本。這景象說不出的古怪。

「喂，就不能等到回宿舍再看嗎？」

「其他人也都在看自己的手機。」

「不要把手機和繪本相提並論。」

「確實不一樣。我覺得繪本比較不無聊。」

天生以為這話是在諷刺，但岬真的很專心地在讀繪本。他的專注力不是現在才突然冒出來的，但他一旦徹底投入，身邊的人都會不敢向他攀談。

結果快回到「泉樓」時，五本繪本都讀完了。

「我明天就拿去歸還。」

「那位編輯不是也說不用急嗎？」

「這是芙洛爾出版社的財產，愈早歸還愈好。」

對任何人都誠懇相待是一種美德，但想像岬將來成為法官，對被告也禮數周到的模樣，就莫名好笑。

「我說了什麼奇怪的話嗎？」

「不，沒事。倒是這五本繪本，你有什麼感想？」

「很耐人尋味。」

天生只是隨口問問，但就連這種時候，岬也非常認真。

「牧部六郎的出道作是《被討厭的權太》。算是反英雄作品吧。性情乖僻，被村人討厭的權太，為了讓唯一一個朋友的婚事成功，主動去做壞事，這樣的情節讓人聯想起那部《哭泣的紅鬼》。能得到新人獎，確實實至名歸。」

「可是帶有偏頗的思想信念吧？」

「雖然不清楚被修改了多少，但帶有那種味道的，是村人的角色是在諷刺毫無理解的民眾這部分吧。感覺是把主角孤立的原因怪罪在他們身上。」

「不管怎麼樣，都不是小孩子讀得懂的故事呢。」

「第二部作品是《餓肚子的摩根》。故事的舞台這次換成了十九世紀的西洋。當時的歐洲出現叫做摩根的怪物，摩根會破壞建築物，還會吃人。總之摩根總是飢腸轆轆，因此必須不停地吃東西。然後主角馬卡斯挺身對抗這個怪物。」

「咦，是英雄奇幻作品喔？風格和出道作南轅北轍呢。」

「不過，這部作品一看就知道是某部知名作品的諧謔。怪物摩根是當時席捲歐洲的共產主義的擬人化。主角馬卡斯則是《資本論》的作者馬克斯的諧仿。」

「這有點露骨呢。」

「對。而且在結尾，怪物和主角攜手奮鬥。大人也就罷了，幼稚園小朋友或小學生讀了這種故事，能否感到大快人心，實在令人質疑。」

那種童話，天生也不想讀。

「第三部作品是《太空船蓋亞號的冒險》。」

「這次是科幻喔？根本迷航了吧。」

「看看書末的發行日，剛好是科幻作品大流行的時期。一定是趕潮流吧。故事是從各大陸選拔出來的傑出太空人展開的冒險故事，但有種硬是把長篇故事簡化的感覺。結局也虎頭蛇尾。」

「搞不好是想要發展成系列作品，結果銷量不允許喔。」

「第四部作品回歸民間故事的世界觀，叫《力太郎和豆芽村長》。人人討厭的力太郎，和弱不禁風的村長平日水火不容，但為了懲罰強徵錢糧的官員，團結合作。」

「啊，光聽到這樣，就可以猜出官員的個性了。一定是從窮人身上榨取利益、惡貫滿盈的傢伙，對吧？」

「有許多動作場面，而且也是主角兩人的成長故事，但故事裡的歲貢，露骨地是在比喻老人醫療費。不過這也不是小孩子讀了會發現的比喻。」

「我大概可以理解為什麼牧部六郎的書賣不好了。」

「最新作品是現代故事《我的戰爭》。某個小學四年級的班級裡，有個長得很像女生的男生，他成為被霸凌的對象。主角倫裕忘不了那個男生有一次對他好，為了他與霸凌團體為敵，孤軍奮戰。」

「主題是這年頭流行的霸凌問題嗎？」

「不是，被霸凌的男生參加園藝社團，從霸凌的同學手中保護花圃，可以看出這個設定是在比喻環境破壞。」

天生已經膩了：

「真的每部作品都加入了政治主張呢。我開始同情起芙洛爾出版社的歷代責編了。」

「如果說是作家的特色，也就如此了。」

「那麼，讀完這五部作品，你有什麼新發現嗎？」

「雖然沒有新發現，但可以補強我的假說。」

「什麼假說？告訴我。」

「先別逼我吧。」岬舉起一手說。「我還沒有自信可以告訴別人。」

4

無論案件如何堆積如山，週末仍是地檢的假日。檢察官和事務官假日也不休息，處理職務，但幸好不會連司法研習生都被抓去幫忙。

然而這裡有一對難得休假，卻自行繼續調查的愚蠢研習生。用不著說，就是岬和天生這對搭檔。

兩人經過熟悉的法務綜合大樓，前往縣政府第二大樓。他們的目的地是埼玉縣警本部。儘管平日總是經過附近，但一想到接下來要踏進縣警本部裡面，不知不覺間，天生的呼吸急促起來。

「我可以問件事嗎？」

「請說。」

「偵查資料不是全都在紙箱裡了嗎？」

「雖然紀錄上有，但不能說資料全都在裡面。」

「什麼意思？腦筋急轉彎嗎？」

「紙箱裡沒有我想看的東西。」

岬在一樓櫃台表明司法研習生的身分。也許是將他視為未來的檢察官，櫃台小姐的態度非常親切。岬說是為了川口市的繪本作家命案而來，她立刻連絡承辦刑警。

「請在這裡稍等。」

但熱情的接待也只到櫃台小姐而已。兩人坐在樓層角落的長椅，但承辦人遲遲沒有現身。十分鐘、二十分鐘都過去了，還是沒有人來搭理他們。

「因為是研習生，所以人家沒把我們放在眼裡。」天生嘀咕。

「一定是太忙了啦。」岬說。

當天生的忍耐即將到達極限時，另一頭總算跑來一名長褲套裝的女子。

「不好意思，讓你們久等了！」

年約三十出頭，頭髮綁在後腦，身材勻稱，外表就像一名田徑選手。

「我是搜查一課的瀨尾由真，請多指教！」

招呼也很運動員式。

天生和岬自我介紹後，瀨尾交互看著兩人說：

「聽說你們是司法研習生？不過實習的地點是檢察廳、法院或律師事務所，不是警察署吧？」

「這是檢察官偵辦的一環。」

不管對方是運動員型，還是大姊頭型，岬都沒有半點怯色。

「是移交給檢方的偵辦資料有遺漏嗎？」

「對照清單，是沒有遺漏。我們今天來訪，是想確認沒有移交給檢方的證物。」

「這話真有意思。」瀨尾不滿地笑道。「移送檢方的手續是我處理的，到底是少了什麼東西？請說來聽聽呀，未來的檢察官。」

不知道是覺得被研習生冒犯了，或是原本就生性好戰，瀨尾已經擺出了一副對抗的態度。

「抵達犯罪現場後，鑑識人員會先進入現場採取血跡、體液、指紋、不明毛髮、腳印等所有的一切跡證，然後調查員再進入現場，對吧？」

「沒錯，就跟你們在教室裡學到的一樣。當然，不同的案子，多少會有一些差異。」

「鑑識採取到的樣本，數量應該非常龐大。」

「但判定與案情無關的跡證，不會算在裡面。」

「是的，會送到檢察官手上的，只有和被害者及嫌犯有關的物品。因為審判需要的只有這些資料。而且也不可能把犯罪現場所有的東西都調查過。」

「喂，」瀨尾收起了笑容。「你這話我可不能置若罔聞。你是在指控我們的鑑識課做事散漫？」

「犯罪現場是一樓廚房。」

「不用你說我也知道。」

「我也看過現場照片，牧部家的廚房相當雜亂，尤其是烹飪區域，就像暴風雨過後。餐具和調味料擺放的位置完全沒有考慮到動線，凶器的菜刀也是一整排放在流理台旁邊，十分礙眼。洗碗精倒在水槽裡，內容物都流出來了。這樣不僅不方便使用，也會造成細菌滋生。雖然也要看住戶的個性，但物品的安排，完全不能說具備功能性。」

瀨尾的表情逐漸轉為訝異：

「到場的時候，我也覺得很亂……你是男生，對廚房倒是很熟悉呢。難道你的興趣是下廚？還是最近的司法研習生，每一個女子力都這麼高？」

「這不重要。從現場照片來看，光是看到的物品，就多到數不清。像是調味料類、毛巾類、收起來的餐具類。這些物品，全都採集了指紋和未清洗乾淨的殘渣嗎？」

「人力和時間是有限的，不可能每一瓶調味料、每一支湯匙都檢驗。而且嫌犯也不是天天打掃，所以地板上累積的灰塵和毛髮的量也很驚人。不只是他們夫妻，好像也有許多出版社人員和訪客留下的痕跡。我記得每個鑑識人員臉色都很難看。」

「我想知道的就是這部分。實在不像與犯罪有關的東西、感覺犯罪當時被害者和加害者都不會碰的東西、完全不在視線範圍內的東西，這些東西調查了多少？」

「呃，等一下。」

岬平靜地追問著，被瀨尾伸出雙手喊停。

「我理解你的意思了。可是就像我說的，人力和時間都是有限的。採集每一瓶調味料、每一個餐具的指紋，有什麼意義？分析這些結果，對偵查能有什麼幫助？」

「不知道。」

「少說那種不負責任的話。」

「拿無法保證的成果當幌子，更不負責任。但追查細節，有助於提升精確度。目前日美子女士是嫌犯，但精確度愈高，判定起訴或不起訴會愈容易。」

「這道理我懂，不過這是誰的指示？你們老師是蒲原檢察官吧？我記得牧部的案子，承辦檢察官也是蒲原檢察官，這是檢座的指示嗎？」

這是看透岬的企圖而提出的問題。好了，這下岬會如何辯解？天生正準備看好戲，沒想到岬一下子就亮出底牌：

「不，這並非蒲原老師的指示，完全是我個人的行動。」

聽到回答，瀨尾張嘴呆了好半晌。

「……呃，也就是說，是你們兩個自己跑來的？」

「是我的獨斷獨行。天生同學就像是負責監視我的人。」

「喂。」

「司法研習生沒有偵查權吧？你們兩個說起來，就像是未來的檢察官擺出菁英嘴臉，跑來對縣警本部指手畫腳，我這樣解釋對嗎？」

「我從來不認為自己是菁英，也不是要行使偵查權。這不是行使權利，而是請求。」

岬深深地低頭行禮。

「縣警本部有扣押的證物，也有進入現場的權力。所以我才像這樣前來拜託。」

「這不僅是越權行為，也是在給檢警雙方惹麻煩，你理解嗎？」

「當然。」

明明應該要慚愧俯首，然而話從岬的口中說出來，卻不知為何甚至顯得自豪。

「明知道會惹麻煩，卻還是想要滿足自己的好奇心，理由是什麼？」

「我想做對的事。眼前有個主張清白的人即將受到制裁。雖然十之八九是凶手的困獸之鬥，但搞不好真的是司法弄錯了，然而卻認定自己沒有提出異議的權利，袖手旁觀。站在組織的角度，沉默應該才是對的，我也清楚這不是我這種毫無資格的菜鳥該插口的事。但如果不去做現在明明做得到的事，我覺得形同背叛了包括自己在內的許多事物。」

瀨尾傻眼地看了岬好一會兒。

「……太乳臭未乾了！」

「事實上，我的確是乳臭未乾。」

「那，你有什麼具體的東西想要我們調查吧？從剛才的對話來看，你不可能漫無目的地跑來縣警本部。」

「是這個。」

岬從皮包取出一張紙和信封。

「請將這份清單上的物品的指紋，和信封內容物的指紋拿去比對。如果符合，案情將會有重大轉折。」

「信封裡的東西是誰的？」

「上面刻有物主的姓名。」

瀨尾接過信封，揣進懷裡，輕瞪了岬一眼：

「聽你的口氣，像是很有自信會符合？」

「我沒有自信。只是認為這是一種可能性。」

「沒自信還敢來求人，太敢了吧。好膽量。」

「如果讓您覺得不舒服，我道歉。」

「可是卻奇妙地不會讓人火大，這是為什麼呢？你叫岬是吧？有沒有人說過你是個萬人迷？」

「沒有。我認為我會在不自覺的情況下招人恨。」

「真教人搞不懂你是霸道，還是謙虛了。好吧，算了，總之東西我先收下，但你可別以為事情會照著你希望的走。我也是很忙的。」

「我明白。」

「遇到我這麼溫柔大方的承辦人，你要感謝你的好運。這要是渡瀨班的案子，你們絕對會被抓去教訓一頓。」

「這是什麼意思呢？」

「搜查一課分成好幾個班，其中有個類似傭兵部隊的班。如果是那個班經手的案子，你們絕對會被罵到臭頭。」

「傭兵部隊？聽起來真可怕。」

「他們的破案率是縣警首屈一指，所以沒有人敢吭聲。這位是天生先生是嗎？被這種人拖著跑，你也真倒楣。」

天生完全同意，但沒有說出口。

起身要離開的時候，瀨尾這麼說：

「你們兩個的名字我記住了。如果兩位順利成為檢察官，希望能和你們合作破案。我很期待。」

離開縣警本部時，天生詢問信封裡的東西和清單上的物品是什麼。但不出所料，岬慢吞吞地搖了搖頭：

「就像我對瀨尾刑警說的，我沒有自信。」

「我就知道你要這樣說。不過你運氣真的很好。瀨尾刑警雖然很嗆，可是其實人滿好的。」

「運氣好不好，這可難說。」

「什麼啦，你該不會要說連對自己的運氣都沒自信吧？」

「有句話叫好事多磨，是指事事順利的時候，就容易遇上波折。」

隔天，岬的不安成真了。雖然是星期天，人在宿舍的岬和天生卻被叫去研習所的教師室了。

「你們到底是在想什麼？」

本來好像在寫東西的蒲原停下拿筆的右手，瞪住兩人。

「昨晚我在縣警本部的朋友連絡我，說你們背著我，偷偷摸摸，擅自行事？」

語氣完全是詰問，但岬一步也不退讓。

「蒲原老師叫我們不能將細微的疑點置之不理。」

「但我也不記得有叫你們任意自行調查。司法研習生只有檢察官及事務官在場時，才具有偵查權，除此之外的偵查，是違反正當程序的。你們總不可能不知道吧？」

天生低著頭，覺得蒲原的說法有些文不對題。蒲原說的違反正當程序，是只限於偵訊嫌犯的情形。亦即所謂的相島六原則，只要是在指導檢察官的指導下，即使由司法研習生來進行偵訊，也不算是違法。

「那似乎不能稱為偵查。」

「你們去了哪裡？查了些什麼？」

咦？天生感到詫異。縣警本部都連絡蒲原了，蒲原卻沒有掌握內容的樣子。

「我們去出版社借了牧部六郎的作品，然後去縣警請教現場跡證採取的問題。」

「只是這樣而已？」

「是的。我請天生同學陪我一起去，做為監督。」

幹麼突然扯到我？天生憤憤不平，但急忙點頭：

「就像岬說的，除此之外，他什麼也沒做。」

「我借了或許已經絕版的繪本，然後針對鑑識流程，深入提問。因為我自行判斷這種程度的行為算不上偵查。」

「為什麼要讀嫌犯的作品？」

「蒲原老師在偵訊嫌犯的時候，說被害者成為繪本作家後，反社會傾向變得更強了。我只是想確認這一點。」

「鑑識的部分，你問了什麼？」

「在實習中，我們進行了偵查資料的核對和閱覽，但鑑識過程無法實際參觀，因此只是在課堂上聽到講解。知不知道作業流程，理解程度會有重大的差異。」

居然能如此面不改色地大吹大擂，天生咋舌不已。害他都要質疑起何謂缺乏自信、何謂謙虛了。在指導檢察官面前堂而皇之地信口雌黃，這份膽量連詐騙分子都自嘆弗如吧。

蒲原似乎接受了這說法，依然板著臉，點了點頭：

「那，你讀了牧部六郎的作品，發現什麼了？」

「從出道作到最近的作品，全都反映了作者的思想信念。雖然無法看出蒲原老師說的反社會傾向，但對於執政黨的批判，就像通奏低音般殘留在所有的作品中。蒲原老師也讀過嗎？」

「新書出版時，作者好像會收到幾本贈書。我們是老朋友了，所以每次出版新書，他都會送一本給我。我能夠深入解讀，是因為我和他的交情比你更深，並不是你的解讀力不好。」

「不敢當。」

「確實，你們兩人的行動不能算是偵查。但實習中的司法研習生拜訪縣警本部的承辦刑警，這算是異例中的異例。為什麼不事先徵求我或丹羽事務官的同意？」

火星立刻波及到天生了：

「天生同學也是，如果你是他的監督人，應該第一個想到這件事吧？」

「天生同學制止過我。是我專斷獨行。我已經深切反省了，對他真的很過意不去。」

失去斥責的對象，蒲原似乎不知道該把舉起的拳頭往哪裡放。

「我覺得你應該更謹言慎行。你這個樣子，有可能損及令尊的名譽。現在他是地檢的三席，但總有一天會爬到高檢或最高檢。你身為他的兒子，不希望變成父親的絆腳石吧？」

聽到這話，岬原本平靜的表情出現了變化。他的嘴唇抿成一字，眼中的笑意消失了。

「總之，雖然並不違反正當程序，但身為司法研習生，這是脫序行為。岬同學，我會為此扣你的分數，你要有心理準備。還有，往後要做什麼，一定要先得到我或丹羽事務官的同意。如果再被我抓到一樣的事，我會祭出應有的處分。」

指導老師的扣分通告。這要是其他的研習生，肯定已經嚇得面無血色，但岬不一樣。他依然故我，行了個禮，大步往門口走去。

「告辭了。」

岬就這樣走掉了，天生不得已，也跟了上去。

岬的腳步比平常更快。簡直就像任由憤怒驅動前行。

「等一下，喂！叫你等一下啦！」

天生小跑步才總算追到人。

「對不起，天生同學，我給你添了大麻煩。」

「蒲原老師沒有對我說什麼，表示不予追究。你不用放在心上。」

「我還是會介意。因為我膚淺的行動，害你遇到這種不愉快。」

「只要不會被扣分，被說什麼我都無所謂。研習的目的又不是贏得指導老師的歡心，只要在最後通過複試就行了。倒是你剛才怎麼了？突然臉色大變。」

岬倏地停下腳步。天生以為他要回答問題，結果是因為看到靠在走廊牆上的人。

「這麼快就被放出來了？」

高遠寺老師離開牆壁，慢慢地走近岬。

「聽說你們在實習期間，跑去縣警本部？」

「消息已經傳開了嗎？」

「只是我消息靈通而已。不是偵訊嫌犯，應該不會有太重的處分，可是你為什麼做這種事？平常的你，應該不會做出如此魯莽的行為。」

「都是我思慮不周害的……」

「不要卑躬屈膝。」

雖然沉靜，但聲音嚴厲。

「看在別人眼裡，或許覺得你很謙和，但是看在我的眼中，反而顯得傲慢極了。或許你不稀罕任何人的評價，但這是最瞧不起人的行為。」

岬低下頭去，如同字面形容，就像個挨罵的孩子。岬連蒲原的斥責都當成耳邊風，但是對於高遠寺老師的箴言，似乎也願意聆聽。

「高遠寺老師怎麼會在這裡？」

「我也有尚未處理完的工作。剛好聽到你們的脫序行為，心想得來唸個一兩句才行。」

「為了唸我們而特地等在這裡嗎？」

「教訓年輕人，是老人家微小的特權，不要剝奪好嗎？」

高遠寺老師露出開心的笑容。她的笑容一點都不引人反感，是因為薑是老的辣嗎？

「你們到底是去縣警本部做什麼？」

岬做出和剛才一樣的辯解，高遠寺老師微歪起頭說：

「你沒說實話。像你這麼聰明的人，不可能要聽到實際的流程解說才能理解。其實你不是去問問題，而是去拜託事情的吧？」

「老師怎麼會這麼想？」

「你不會做無謂的事。不會提出無謂的問題。你去縣警本部，是為了委託只有縣警本部才能做到的事，難道不是嗎？」

高遠寺老師的眼睛像貓頭鷹一樣亮了起來。岬似乎也俯首認命，短促地嘆了一口氣：

「我無法說明詳情，但大致上就像老師說的。」

「還有呢？」

「我去死者出版作品的出版社，向他們借了死者的作品。」

「不是碰運氣，而是從一開始就決定好目的了。這是知道自己要的答案在哪裡的人才會有的行動。你為什麼要這麼執著於這個案子，甚至不惜偏離研習生的規範？」

「只要嫌犯否認罪嫌，就應該評估所能想到的一切可能性。」

「只是這樣而已？」

被柔聲追問，岬無處可逃了。

「……即使我還青澀，還是想要去盡我一切所能。否則我覺得往後我將無顏挺胸面對那名嫌犯。」

「你總算說出真心話了。」

高遠寺老師以無比憐愛的眼神看著岬。

「我就想聽到你這句話。蒲原怎麼警告你？」

「叫我往後要先取得同意才能行動。」

「那麼，有我的同意，也一樣ＯＫ吧？因為我和蒲原一樣，都是你們的指導老師。」

「我覺得這樣解釋有點牽強。」

「不能害怕積極的失敗，也不能責備指導的學生。應該要責備的，是束手旁觀、是逃避責任而造成的結果。你要貫徹你所相信的事。如果那是正確的失敗，雖然我力量微薄，但一定會為你辯護。」

「為什麼老師要對我這麼好？」

「引導年輕人，也是老人家的特權啊。」

IV

Espressivo moviendo

エスプレッシヴォ モヴィエンド

～轉為感情豐富地～

表情豊かに　変化して

1

六月中旬過後，殺夫案的嫌犯牧部日美子以殺人罪嫌遭到起訴。

在蒲原的辦公室和岬遇上的天生，實在無法不追問進度。

「牧部六郎的事怎麼樣了？不是好像已經起訴了嗎？」

「瀨尾刑警還沒有連絡。」

岬還是一樣悠哉遊哉。

「沒有回音，我也無從行動。」

「嫌犯……啊，既然被起訴，就是被告了。你不是要洗刷她的冤情嗎？一旦開庭，檢方就沒辦法輕易撤銷起訴了。」

「起訴之後到第一次開庭，有兩個月的準備時間。」

「就算是這樣……」

「如果蒲原老師把開庭準備交給我，我可以把時間拖得更久。」

「你也會想那種狡猾的小手段嘛。」

「本來就沒有挑選手段的餘裕。」

「但你看起來胸有成竹欸。」

「是你太抬舉我了。」

從應答來看，今天岬也一如平常。雖然本人否定，但他的字典裡面到底有沒有「緊張」這兩個字？

儘管事不關己，天生卻會好奇岬緊張的程度，是因為從今天開始，研習生終於要親自偵訊嫌犯了。在蒲原和其他研習生的守望之下，獨自偵訊嫌犯，決定是否要起訴，然後請求蒲原裁決。一己的裁量將會左右嫌犯的命運，因此責任重大。站在旁邊的羽津和美波也難掩緊張的神色。

唯一慶幸的，是第一棒是岬。至少愈後面的人，愈不會緊張。看到上一個人怎麼做，也能掌握大致的流程。

另一方面，也同樣因為第一棒是岬，因此絲毫無法安慰人。岬的話，一定能毫無遺漏、順暢無礙地從嫌犯口中問出必要資訊，做出適切的判斷。如果看到過分完美的示範，後面的人很有可能會畏縮。

蒲原也坐在平常只有丹羽一個人使用的辦公桌。岬鎮坐在檢察官席，等待嫌犯。

「時間到。」

在丹羽一聲令下，房門打開，女嫌犯進入房間。

年紀是二十四歲，妝有點濃，但非常漂亮，即使說是模特兒也不會有人懷疑。美中不足的是臉頰整個凹陷，予人一種病態的印象。

嫌犯一坐下，岬便欠身行禮：

「我是負責訊問的岬。請先說出妳的姓名、年齡、職業和住址。」

「志摩彩香，二十四歲。職業是女演員。住址是川越市南大塚。」

那聲音讓天生嚇了一大跳。沙啞無比，幾乎是酒嗓。她自稱女演員，但天生對她的臉沒印象。

「妳明白自己為何被逮捕吧？」

「是……」

「接下來要確認案情，如果有不符合事實的地方，請在聽完後指出。」

岬淡淡地陳述犯罪事實。概略如下：

嫌犯志摩彩香，是藝名島崎亞衣的AV女優。四年前出道，演出作品超過一百部。隸屬的經紀公司在業界也算是赫赫有名，本人聲稱定位是AV偶像。

出道後一直到第二年，事業一帆風順，但有一次女優朋友邀她去一家俱樂部，在那裡的對話讓她的命運走上歧路。因為女優朋友送給她「可以一口氣消除疲勞的藥」。

彩香自己也隱約察覺，所謂消除疲勞的藥就是毒品，但比起恐懼，她更加好奇。她想得很簡單，覺得淺嚐即止，不可能會上癮。但後來她親身體認到，她這時的決定有多麼地天真。

不出一個月，出於好奇心的一次嘗試就成癮了。那名朋友後來也爽快地供應毒品，但價格從一包（〇．二～〇．三克）一萬圓漲到一萬五千圓。她開始為了賺毒品錢而勉強接工作。然後因為過度操勞，需要毒品的撫慰，又非賺錢買毒品不可。負面螺旋就宛如無底深淵，愈是掙扎，就陷得愈深。

這也是近乎可悲的常態，彩香的人氣開始走下坡，演出作品和收入減少的時候，一個叫高安的渣男找上了她。

「這玩意兒啊，不是當毒蟲，要當藥頭才對啦。」

彩香二話不說，同意了高安的邀約，不知不覺間，成了個不折不扣的毒販。警方查出該俱樂部是毒品的交易地點，從末端買家循線追查到藥頭彩香，在五月八日進行住家搜索，扣押了兩百公克市價約一千萬圓日幣的毒品，並以違反毒品防治法的罪嫌將她逮捕。

「上述情節，有沒有錯誤的地方？」

岬詢問道，原本低著頭的彩香抬起頭來：

「不是這樣的，我是受害者。」

「在住家找到毒品時，妳供稱那確實是妳的東西，持有是為了販賣。此外，妳的住處也找到了用來分裝的塑膠袋和磅秤。」

「我承認我自己有打藥，也有賣給別人。可是我是受害者。是高安害我染上毒癮，逼我賣藥的。」

「高安明人，自稱職業舞者。他曾經被逮捕，但目前沒有持有或使用毒品的事實。」

「因為他把罪都賴到我身上。賣藥的錢，超過一半以上也都被他拿走了。」

「他脅迫妳嗎？」

「第一次打藥的時候，他錄影下來，威脅我說要放上網路……」

「但妳承認使用、轉讓、持有毒品的事實，是嗎？」

「這我承認。可是那都是被逼的。求求你，救救我。」

彩香上身前屈，把臉往前伸。那模樣就像是吵著要吃餌的雛鳥。

「我會變成ＡＶ女優，也是被星探慫恿，硬要我脫的。一開始吸毒，也是趁著我接連拍片，累到神智不清的時候騙我試的。」

儘管彩香拚命辯解，但天生卻不怎麼同情。確實，本人或許並不積極染毒，但只要在當下做出正確的抉擇，應該就能避免最糟糕的狀況。雖然擺出一副受害者嘴臉，但天生覺得說到底就是自做自受。

「島崎亞衣不是我，是經紀公司和粉絲強制我扮演的形象，我真的很勉強，很累，所以才會不小心染毒，可是我已經受夠了。我想要趁這個機會變回原本的我。所以、所以請幫幫我！」

「訊問結束。」

岬再次行禮，宣告結束。彩香似乎對訊問兩三下結束感到意外，但很快就垂頭喪氣地離開辦公室了。

「比預期的快呢。」蒲原也一樣顯得意外。「我還以為你的話，會提出更深入的質問。」

「嫌犯已經認罪，也有物證，沒有任何疑點。」

「一口咬定呢。聽你的口氣，你已經做出決定了？」

「我認為應該做出起訴處分。」

那堅毅的態度，這次換成天生感到驚訝了。因為他認定依岬的個性，不起訴處分也有可能。

「從罪狀來看，這個決定理所當然，但你考慮過嫌犯的年齡和境遇嗎？她是初犯，而且二十歲就出道當AV女優，也可以視為是年輕不懂事而犯下的過錯。」

「是否要酌情量刑，是法官應該思考的事。」

那毅然的言詞，似乎連蒲原都被壓倒了。

「嗯，說的沒錯。雖然覺得有點嚴厲，但在毒品氾濫蔚為話題的現在，在讓世人瞭解檢方態度的意義上，這樣的判決可以同意。」

根本用不著蒲原定奪。岬擬判的起訴狀一定也會直接被採用。

休息時間，離開辦公室後，美波怒氣沖沖地走了過來。

「岬同學，你剛才的決定我有話說。」

美波的雙手下垂，但她一副隨時會伸手揪住岬的衣領的態度。

「我明白各別的案子，是負責的研習生的範圍，旁人沒道理插口，可是我還是要說。剛才的案子，起訴處分太苛刻了吧？」

被叫住的岬慢慢地回頭。站在美波身後的羽津只是驚慌失措地看著兩人。

「蒲原老師也說了，二十來歲的小女生被星探騙去，又被男人欺騙，被迫做出一連串違背意願的選擇。吸毒和轉讓毒品確實是不折不扣的犯罪行為，但你就不願意斟酌一下她身處的環境嗎？」

「持有和施用毒品也就罷了，但轉讓是危害他人的犯罪。」

「你說的沒錯，但也應該正視她身為受害人的一面吧？違反毒品危害防治法，最高是十年徒刑，要是她被判最重的刑期，出獄的時候都三十四歲了，而且背著前科，職歷還是前AV女優。想要順利踏上新的人生，這門檻太高了。應該考慮到這些，再做出決定。」

「她還沒有戒毒。」

「……咦？」

「異常消瘦也是這個緣故，而且在說話的時候，明明有冷氣，她卻一直在流汗。這是典型的毒癮症狀。她需要時間和環境來遠離毒品。最起碼也要與世隔絕一年左右，對她比較好。」

「可是，現在民間也有戒毒中心。」

「如果支援體制夠完善就好了，但她的身邊還有高安這個人在糾纏不清。即使她想要重新振作，萬一高安又找上她，一切都前功盡棄了。讓她與世隔絕，目的也是為了讓她免於高安的騷擾。她是初犯，量刑方面，法官一定會酌情量刑。而且最重要的是，」

岬的表情忽然放鬆下來。

「她說她想要變回原本的自己。我想要相信，如果是看得到原本的自己的人，就能讓懲罰變得有意義，人是可以改變自己的。」

整個呆住的美波，再也沒有出口反駁。

實習開始一個月後，研習生也能在下班時間回去了。天生也不例外，甚至漸漸有餘裕提前回宿舍欣賞古典音樂。

但岬的行動很古怪。雖然他和天生等人同時間離開檢察廳大樓，卻沒有返回宿舍。回來的時間也是接近深夜。遇到假日，更是一大清早就出門去了。天生的房間就在他隔壁，因此有人回來，他立刻就會發現。

就算時間有了餘裕，也難以想像岬會流連於燈紅酒綠之中。天生第一個想到的，是繪本作家的案子。岬什麼都沒跟他說，但他有可能自己一個人繼續調查。想到這裡，天生有些煩躁。是岬想要重新調查案子的，但天生也是基於自己的目的，與他合作。然而岬現在又想單獨行動，豈不是太狡猾了嗎？

雖然案子已經起訴，但第一次開庭的時間，預定在一個月以後。一想到岬為了那一天準備了某些隱藏球，天生就感到浮躁難安。

隔天，天生直接問岬：

「你還在追那起繪本作家的案子嗎？」

「沒有，後來我沒特別做什麼。還是一樣在等瀨尾刑警的連絡。」

天生忘了問他最近為何晚歸。但想想岬的個性，反正他一定會搬出天衣無縫的藉口閃躲。因此天生決定跟蹤岬。只要逮到他重新調查的現場，他就無可抵賴了。

下班時間近了，天生的小組也開始準備回去。

「辛苦了。」

「辛苦了～」

羽津和美波各自離去了。這麼說來，最近羽津好像成了檢察廳附近一家居酒屋的常客。

「辛苦了，再見。」

「嗯，辛苦了。」

岬離開辦公室幾十秒後，天生估算時機，也出去走廊。剛好在走廊另一頭看到岬的背影。想要跟蹤，這個距離恰到好處。

離開檢察廳後，岬就這樣往浦和站的方向走。天生尋找即使對方突然回頭也能藏身的暗處，保持距離。這是他第一次跟蹤別人，但實際嘗試，相當有趣。雖然也有點心虛，但他強硬地說服自己：以後當上檢察官，也會有像這樣單獨調查的機會。

岬離開檢察廳後，便朝浦和站走去。他是打算搭電車回宿舍嗎？

沒想到岬進入車站後，直接從中央驗票口旁邊經過，從東口走了出去。同樣經過站前圓環和PARCO時尚百貨，不斷地往前走。這一帶擠滿了上下車的乘客和購物人潮，光是要追上岬的背影，就得費上一番辛苦。

走了一段路後，岬進入某棟大樓。是兩邊被居酒屋包夾的四層樓房。看到招牌，天生吃了一驚。

『蒲和東音響練團室』。

他以為自己看錯了，還看了兩次，但確實是出租練團室沒錯。他猜想難道岬是關在完全隔音的房間裡，為複試做準備？但不管怎麼想都不可能。

胡亂猜測也沒用。天生等岬入內幾分鐘後，再推開大樓的門。

裡面的格局就像ＫＴＶ包廂，隔著走廊，有許多小房間並排。櫃台坐著一名青年，穿著像酒保的制服。

「歡迎光臨。」

青年朝天生投以爽朗的笑容。即使是職業笑容，也讓人想要打出一百分。

「客人是第一次利用本練團室嗎？」

「呃，可以說明一下你們的方案嗎？」

「好的。請看一下這張表。」

青年說明，這棟大樓有八間練團室，每一間都備有吉他音箱、貝斯音箱、鼓組、麥克風、ＣＤ錄音器材等。是會員制，必須預約，費用是一小時一千圓，但天生不清楚這是一般行情，或是特別貴。

「我們也有個人指導課程，師資是職業錄音室樂手。」

「請問，所有的練團室都是樂團用的嗎？」

天生試著想像岬彈奏吉他或是打鼓的情景，卻想像不出那種場面。

「不，我們有最基本的樂團用器材，但也有許多客人是租來用在樂團練習以外的目的，像是合唱或練舞。」

「也有放鋼琴的房間嗎？」

「當然有。」

青年自豪地拿出各練團室的一覽表。

「一樓的三號練團室有平台鋼琴。啊，不過這個房間只有平日上午十點到傍晚五點半有空。此外的時間，都被一位會員岬先生包下來了。」

「也就是說，平日傍晚五點半以後，還有假日，都被那個人獨占了？」

「是的。」

聽到這些就夠了。

「我還在猶豫要不要加入會員，可以稍微參觀一下嗎？」

「請自由參觀。不過使用中的燈號亮著的房間，請不要打開。」

也許是隔音設備的功能不算好，各間練團室傳出熱鬧的音量。即使站在通道上，知道的人應該都可以說出樂曲名。

三號練團室在一樓後面。門上的紅燈亮起，顯示有人使用。

房間裡明確地傳出琴音。照道理說，琴音應該會被樂團練習的音樂聲給蓋過，然而每一個琴音卻貫穿門板，刺向這裡。在彈琴的毫無疑問是岬吧。

天生想起在三得利音樂廳看到的岬的運指。事已至此，他可以察覺大略的理由了。

岬會彈鋼琴。而且水準極高。但他由於某些理由，沒有向身邊的人表明。不僅如此，他看起來也像是在逃避音樂本身。

然而他卻特地租了練團室在彈琴。

他第一個想到的，是岬在進行復健。從岬的樣子來看，肯定遠離音樂已久。所以他為了找回過去的感覺，埋頭苦練，是不是這樣？

但想要找回感覺的理由，天生毫無頭緒。當場打開這道門，直接詢問本人，或許岬會回答，但與他之間的友誼，也有可能就此破裂。

天生站在走廊，聆聽房間裡的琴聲。不知道是不是岬的擊鍵太激烈，即使隔著房門，天生都能聽出曲名。

《貝多芬　第三十二號鋼琴奏鳴曲》。是那位樂聖的鋼琴曲中，也赫赫有名的難曲。為何要挑這麼難的曲子做復健，教人難以理解。

可惡，天生在內心咒罵。

只是剛好同組而已。對方生來就是塊當檢察官的料，而且總是言詞正確，待人親和，人見人愛。對天生來說，全是令人咬牙切齒的特質，是讓人眼紅的存在，然而他卻無法推開岬。無法忽視他。不知不覺間，眼睛餘光總是追逐著他的身影，豎耳聆聽他的聲音。

天生覺得自己被拋下了。他沒有敲門，離開三號練團室門前。

櫃台青年看到他，熱情地說：

「參觀完了嗎？」

「是的。」

「要加入會員嗎？」

「我想考慮一個晚上。」

「好的，隨時歡迎。」

「在三號房彈琴的那個人……」

「他真的很厲害喔。」

天生什麼都沒問，青年就說了起來。

「從這裡也聽得到他的琴聲，他都從五點半到關門的十二點，不停地彈奏，片刻也不休息。連續彈上六個小時，而且是每一天。假日更是不得了，除了出來吃飯以外，琴音幾乎沒有一刻中斷。」

「他為什麼這麼認真？你有聽他說什麼嗎？」

「我們不會詢問客人的私事。不過看得出他不是為了休閒嗜好而彈琴。即使從櫃台這裡聽到，也覺得震撼力十足。那麼扣人心弦的演奏，遠遠不是休閒嗜好的水準。在我顧櫃台的期間，他就彈斷了五根弦，非常可怕。」

「如果不是休閒嗜好，那是為了什麼呢？」

「不知道耶。」青年聳聳肩膀。「不過，我也感受過類似的氣勢和專注力。像現場表演前的練習，就是那種感覺。不過是沒持續那麼久啦。所以我覺得或許是為了我猜想的某場比賽做練習。」

「什麼比賽？」

「這個。」

青年從櫃台旁邊的傳單盒裡取出其中一張。

「說到最近舉辦的鋼琴比賽，就只有這一場了。預賽日期就快到了，時間上也吻合。」

天生目不轉睛地盯著接過來的傳單。上面印著令人一時難以置信的文字：

『二〇〇六年度第四〇屆　全日本鋼琴大賽預賽公告』。

2

六月第三個星期六，天生轉乘電車，在ＪＲ飯田橋站下車。沿著目白大道往北筆直前進，越過神田川，很快地，目的地的建築物出現在視野。

凸版印刷音樂廳。是凸版印刷公司做為創業百年紀念而興建的古典樂專用音樂廳，今天是全日本鋼琴大賽的關東地區預賽會場。

已經開始報到了，音樂廳入口擠滿了等待入場的觀眾。不過其中大部分應該都是參賽者的親朋好友。

天生在窗口買了現場票進場，在門口拿到幾張單子。他一頁頁翻過去，其中也有參賽者名單。天生走到門廳角落，從名單當中尋找他的名字。

有了。

參賽者編號三十八　岬洋介。

他本來還抱著一絲懷疑，但果然是真的。岬居然報名了鋼琴家登龍門的這場大賽。

天生以前也立志成為鋼琴家，當然知道這場比賽的權威性。

全日本鋼琴大賽顧名思義，是全國規模的比賽。分為北海道・東北／關東／中部・北陸信越／近畿・中國／四國・九州・沖繩這全國五個區域，舉辦預賽，前六名可以進入決賽。參賽資格從大學生到社會人士。換句話說，也對音樂大學在校生及職業演奏家敞開大門，水準自然極高，進入決賽以後，甚至有可能展開職業鋼琴家之間的廝殺。音大參賽者也不容小覷。考進研究所的音大生裡面，也有些強者專門參加音樂比賽拿獎，受人畏懼。無論如何，這無疑都是國內首屈一指的鋼琴賽。

而岬報名了這場高水準的比賽。參加者的來歷五花八門，但現任司法研習生應該極為罕見。

即使確認了姓名，天生依然凝視著參賽者編號三十八的名字。都白紙黑字印在上頭了，卻還是沒有真實感。腦袋裡也依舊混亂。

知道岬在站前的出租練團室裡努力練琴時，天生想要鼓勵他。但緊接著得知他居然好像報名了全國規模的比賽，他覺得岬簡直瘋了。若要比喻，就像是長年遠離了跑道的業餘跑者，報名了職業選手參加的全馬比賽。豈止是魯莽，根本是在胡鬧。

天生也是過來人，所以知道。鋼琴是依靠每一天的鍛鍊來打造運指功夫的。不管演奏技巧再怎麼高超的人，只要休息一天，就得花上一星期才能恢復到原本的狀態。雖然不清楚岬離開了鋼琴多少年，但那麼長久的空白，絕對不可能只憑短短的幾星期就填補回來。

追根究柢，岬為何非挑戰職業鋼琴家登龍門的比賽不可？他有法界這個歸所，也有得天獨厚的才華和環境。事到如今，他根本沒必要逃到其他的世界。

愈想就愈混亂。要解決這些混亂，還是只能實際聽聽岬的演奏。天生會特地來到凸版音樂廳，也是為了這個目的。

天生把參加者名單對折揣進口袋裡。總之，聽岬演奏就是了。一切都等聽過再說。

從售票處經過寄物區，混在觀眾當中經過通道。地板徹底潔淨，美麗地倒映出照明燈光。

踏入音樂廳的瞬間，靜謐支配了天生。

沒有任何雜音。外界的環境音完美地被阻隔，只有宛如大教堂般的寧靜。拿到的冊子上面說，整座音樂廳是漂浮的結構，藉此隔絕噪音及振動。此外，建築使用的全是花梨、樺櫻及檜木這些音響特性格外優異的木材。

觀眾席一二樓加起來約是四百席。椅背由前至後逐漸加高，使音樂能確實傳遞到後方座位。以古典樂專用音樂廳來說，屬於中等規模，但天生喜歡這種大小，因為不管坐在哪裡都能看見演奏者的臉。

鎮坐在舞台中央的平台鋼琴沐浴在天花板的燈光中，顯得頗為神祕。

預賽有四十人參加。以關東地區的預賽來說，感覺參賽者有點少，但這場知名的賽事，到場聆聽的都是音樂饕客，沒有哪個笨蛋會抱著好玩的心態或為了試試身手而來報名。沒有人喜歡在舞台上丟人現眼。若是以成為鋼琴家為目標，更是如此。

岬是三十八號，演奏在很後面。雖然也可以中途離席，但天生很久沒有在音樂廳聆聽現場演奏了，決定繼續坐著。

『感謝各位蒞臨凸版音樂廳。以下事項，請各位聽眾配合。會場內禁止飲食、拍照、錄音、錄影……』

開場廣播都結束了，聽眾席卻依舊喧囂，因為是業餘人士音樂賽的關係吧。但也沒有人發出突兀的大聲，對天生來說，是愉悅的嘈雜。

他再次打開參賽者名單。名字旁邊也列出演奏曲，不知道是不是這次的指定曲，全部都是貝多芬的曲子。《熱情》、《月光》、《悲愴》，這膾炙人口的三大鋼琴奏鳴曲當然不會缺席，整排都是知名曲。其中岬選擇的就是那首《第三十二號鋼琴奏鳴曲》。因為是在出租練團室聽到的曲子，天生原本就如此猜想，沒想到他真的以《三十二號》參賽了。

這時，他聽見坐在旁邊的母女對話：

「欸，媽媽，妳看，這個三十八號的人要彈《三十二號》耶。」

「真的，怎麼會選這麼可怕的曲子？」

「太有挑戰精神了。像哥就選了四平八穩的曲子。」

「這是比賽，連一點失誤都不行的。如果只是想要炫技的話，那就有點太臭屁了。」

認識的人被批評，聽了不太舒服，但那對母女的感想天經地義，因此天生絲毫不想抗議。

《第三十二號》是貝多芬最後一首鋼琴奏鳴曲。換言之，是將貝多芬的鋼琴奏鳴曲表現得最為淋漓盡致的作品，加上必須具備的技巧，被視為一首難曲。

這若是職業鋼琴家的演奏會，做為曲目，也算是合理。因為這也是最適合對自己的琴藝有自信的演奏家誇示技巧的樂曲。然而另一方面，在扣分方式的比賽中，選擇這首曲子，等於是主動去踩地雷。聰明的參賽者絕對不會冒這種愚蠢的險。

不——天生轉念又想。說起來，岬是個聰明的參賽者嗎？如果他是為了復健而報名比賽，選擇了難曲做為逆勢療法，這才是愚蠢之舉。即使做為司法研習生出類拔萃，在彈琴方面，岬也只是個輕浮魯莽的小子。

『二〇〇六年度第四〇屆全日本鋼琴大賽關東地區預賽，現在開始。參賽者第一號，東京都柴崎卓己。貝多芬，第九號鋼琴奏鳴曲。』

第一個登台的是個貌似學生的男生。應該是音大生，也許是不習慣舞台，慌亂全寫在臉上，天生看了都替他難受。以前他自己也經歷過，因此能痛切地瞭解那個男生的心境。會陷入彷彿全場都在嘲笑自己的錯覺，頭昏眼花。

如同天生所擔心的，他的演奏淒慘無比。手指滑掉，彈錯了好幾個地方。或許沒有重振旗鼓的技巧，一個失誤引發下一個失誤。明明是才十多分鐘的曲子，感覺卻冗長極了。

演奏得好不好，本人比觀眾更清楚。最後一個音在舞台上消失後，他悄然起立。掌聲稀稀落落。觀眾應該是好意，但對本人來說，這些掌聲完全是侮辱。

天生陷入舊瘡疤被揭開般的感覺。他會放棄音樂，理由是因為他理解到自己的才華極限，但承受不了壓力，也是原因之一。每次比賽都受到考驗，看著比自己更傑出的演奏者，那種望塵莫及的不甘與自我厭惡，完全就是痛苦。其中也有一些強者能夠將壓力轉換為突破力，但不管怎麼樣，天生都不是那塊料。

不要那麼沮喪地退場。

你還有除了鋼琴以外的選擇。

天生在內心聲援垂頭喪氣地離去的男生。就彷彿台上的是以前的自己。

『參賽者第二號，茂木浩平。貝多芬，第十四號鋼琴奏鳴曲。』

預賽不顧天生苦澀的心情，逕自進行。

到了午休時間，觀眾逐一離席去用午餐。音樂廳樓上有餐廳，大多數的人都會去那裡吧。

但天生逆流而行，從通道前往舞台後方的後台休息室。凸版音樂廳的建築，舞台後方有休息室A、B、C，休息室D則是在相鄰的印刷博物館後方。相較於A、B、C，休息室D的空間超過兩倍以上，因為原本就是設計來容納多人的大房間吧。

不出所料，參賽者的親朋好友都聚集在休息室前。有人為了在上午做出理想的演奏而開心，也有人為了表現失常而沮喪。家人陪伴著那些人，安慰或鼓勵。

胸口深處一陣刺痛，以前天生還想成為鋼琴家時，父母就像他們一樣陪在身邊。但自從轉換跑道，以司法為目標以後，便和父母疏遠了，但有朝一日自己順利成為檢察官時，父母又會像那時候那樣祝福他嗎？

天生分開他們，踏進休息室。他就猜一定是在大休息室。身穿西裝或禮服的參賽者們各別坐在椅子上，彼此牽制。

他要找的人在房間角落。

「天生同學。」

岬打從心底驚訝地看向他。這是天生第一次看到他驚訝的模樣，覺得爽快極了。

「你怎麼會在這裡？」

「我才要問你。」

跟蹤本人的事，最好還是不要說出來吧。

「古典樂迷的話，也會對這類比賽感興趣。我看到門口發的參賽者名單，差點沒嚇死。我還以為你討厭古典音樂，沒想到你居然會參加比賽。」

片刻之間，岬似乎窮於回答，但他下定決心開口：

「都是你的錯。」

「我的錯？怎麼會？」

「你帶我去三得利音樂廳，聽到了《皇帝》。那就是契機之一。害我好不容易長久封印的對音樂的熱情又再次燃燒起來了。」

「你果然本來是想當演奏家。」

「因為某些原因，我斷了這個念頭。既然放棄了，我想朝其他方向全力以赴。所以想要和古典音樂徹底斷絕關係……可是還是沒辦法。」

「抱歉。」

「不。」岬連忙搖頭。「你不需要道歉。現在我反而很感謝你。」

「可是啊，你不會太極端了嗎？只要是接觸過音樂的人，都知道這場比賽的水準有多高吧？就算是拿來當做復健，手段也太激烈了。」

天生環顧在休息室等待上場的眾參賽者。每個人都很緊張，但神情也都頗有自信。

「第一號參賽者也就罷了，第二號以後，演奏都讓人佩服。從參賽者名單來看，下午也會有職業人士參賽。」

「好像是呢。」

「想要在舞台上試試本領，這個動機可以理解，但你是不是應該回心轉意一下啊？好不容易回歸古典音樂的世界，要是在回歸的第一步就遭受重創，那可就得不償失了。」

「啊，你是在為我擔心呢。真開心。」

「別誤會了。要是看到同組的人在比賽中被擊垮，連司法複試都沒通過，我自己也會夜不安枕。」

「那請放心吧。」岬展現笑容。「一點失敗，不會把我打垮的。再說，心理素質那麼軟弱的話，即使有目標，也無法達成了。」

「目標？什麼目標？」

「贏得冠軍。」

天生原本要笑他在說笑，但發現岬的微笑不是那種開玩笑的笑。

「……你是認真的？」

「不拿出真心來，什麼事都做不到。而且如果只是想來試試身手，這麼想的時候就已經輸了。我是來贏的。和在場的其他參賽者一樣。」

下午的賽程開始，觀眾回到表演廳。有些人去吃飯，應該也有人去解決生理需求，每個人看起來都十分從容。

相對地，天生不僅坐立難安，還混亂到家。

他說要贏得冠軍？

說是真心來贏的？

別說試身手了，根本是來自爆的吧？

不知道是不是主辦單位刻意安排，編號愈後面，參賽者的水準愈高。下午的賽程，尤其是愈接近最後的演奏，水準的差距是一目瞭然。

即使不到客滿，但是在如此華麗的舞台和眾多觀眾面前出糗的話，別說復健了，會留下心理創傷的。

就算蠻橫，也應該制止岬的，但已經太遲了。就在這當中，岬的登場時間也分秒逼近。結果搞得其他參賽者的演奏，天生都聽得心不在焉。

終於，他所害怕的瞬間到來了。

『參賽者第三十八號，岬洋介。貝多芬，第三十二號鋼琴奏鳴曲。』

看見從舞台側邊現身的岬，天生懷疑自己眼花了。

站在那裡的，是異於平常的岬。令人驚訝的是，岬居然在緊張。嘴唇抿成一字型，雙眼燃燒著冷光。易於親近的氣質銷聲匿跡，反而顯得難以靠近。威風凜凜的颯爽步態宛如行進的士兵，一眨眼就吸引了全場觀眾的目光。

「那個人是誰？」

旁邊座位的女生出聲。

「難道是職業鋼琴家嗎？氣勢好驚人。」

岬坐到鋼琴前面，會場立刻靜如止水。

第一樂章，C小調，四分之四拍。

宣告悲劇的兩下琴聲冷不防劃破虛空，天生的肩膀一顫。序奏以減七度的跳躍與下降開始，附點節奏開始滑降。流瀉的節奏時而停頓，如內省般下沉。寂靜擴散開來，但琴音本身並未斷絕，而是以弱音維繫下去。

天生的耳朵在驚嘆。只用弱音來表現寬闊，這不是一般的技巧能辦到的。因為這必須計算到演奏廳的反射和回音來彈奏出琴音才行。然而岬卻近乎完美地掌握了演奏廳的回音特性，表現得宛如身在主場。

音型逐漸上升，儘管微弱得彷彿幾乎要消失，仍持續滑行。

蘊含著熱情的沉鬱攪亂了天生的心。

這到底是什麼？

這不是有好幾年空白的演奏家彈奏出來的鋼琴曲。是每天宛如呼吸般練琴不輟的鋼琴家的琴音。

進入呈示部，G與A♭的顫音演奏出第一主題。十六分三連音符的急速上下，是展現熱情的瘋狂舞蹈。變換速度與節奏，緊緊地抓住聽眾的心四處拖行。左手猛烈的八度音與上衝的琶音。

跳躍與級進，上升與下降。兩種相反的動機重疊、交纏，一面起伏，一面衝刺。沒有一刻停歇的十六分音符與八分音符彼此激盪，連向降A大調的第二主題。第二主題是重複序奏中出現的附點節奏，但立刻就被分解和弦打散了。

還只是呈示部而已，天生的靈魂卻整個被纏繞住了。其他聽眾也是一樣。沒有人能將目光從舞台上的獨裁者身上移開片刻，旁邊的女生甚至聽到嘴巴半張。

鋼琴奏鳴曲基本上是以三個部分所構成。但貝多芬卻採用讓兩種對照的樂章兩兩相對的二部構成。第一章的狂暴，可以說是來自於這種對位的特色。

不過，這種狂暴該如何形容？激烈起伏的音型與變化多端的旋律，麻痺了聽者的理性。

進入展開部後，第一主題便三不五時冒出來。由長顫音引導的主題，伴隨著三連音符貫穿了演奏廳。陰暗的熱情灼燒著聽者的心胸，低迴流蕩的陰鬱從腳邊潛進。

太驚人的表現力了。

完全就是強而有力的擊鍵，卻化成苦惱與悲哀直逼心胸。如果沒有緊追譜面絕對無法得到的對琴鍵的支配力，以及對樂曲的深刻理解，是絕對不可能達到這種技巧的。當然，也絕非一朝一夕就能做到的，因此岬實現了這種境界的事實，讓天生難以置信。

樂曲進入展開部，從G小調轉往C小調，再轉調為F小調。主題成為和弦反覆著，曲調更加波濤洶湧。

從天生的位置，可以看到岬的手指。他的運指，不是前些日子三得利音樂廳那時候能夠相比的。所謂眼花繚亂，指的就是這種情景吧。看起來甚至就像有二十根指頭。

天生開始發現，自己根本就是個睜眼瞎子。這與放棄成為鋼琴家的隱情，以及空白的期間有多長都無關。岬洋介是個稀世的鋼琴演奏家。他擁有天生以及眾多渴望成為鋼琴家的人再怎麼想望都得不到的個性與才華。

這太沒有天理了。在司法界被譽為純種馬，在音樂界也卓越超群。什麼金無赤足、人無完人，根本是騙人的。這裡不就有個同時受到司法之神泰美斯與音樂之神繆思祝福的人嗎？

但岬的琴聲將天生的自卑感粉碎成片片，繼續衝刺。進入再現部，第二主題以C大調重現，岬的手指縱橫馳騁地盡情奔馳。才剛停下，下一秒又奔跑起來，以為開始奔跑了，下一秒又停止了。向上爬升，擊鍵彷彿要擊入楔子般沉重。楔子鑽進觀眾的胸口，讓他們動彈不得。

曲子終於衝入尾聲了。C大調柔和的曲調就宛如從天而降的輝煌燦光。弱音低而廣地流瀉而出。右手的旋律與左手的節奏交織出來的音樂持續擺弄著聽眾。接著琴音徐緩地轉小，沉入觀眾席中，宣告第一樂章結束。

沒有稍事停歇，接下來的樂章便揭幕了。

第二樂章，C大調，十六分之九拍。

與上一個樂章截然不同，平靜的旋律撫慰了聽眾。第二樂章由十六小節的主題及五個變奏曲構成，從頭到尾充滿了開放感。

在第一變奏，琴音數量突然增加了。最高音部的旋律有許多音重疊在一起，變化為華麗璀璨。無比地動聽美麗，勾起接下來會呈現出什麼姿態的期待。第一樂章的熱情的奏鳴曲，與第二樂章平靜的變奏曲，兩個樂章展現出精彩的對比。即使說作曲家貝多芬將他想要透過鋼琴表現出來的一切精華都濃縮在這兩個樂章裡亦不為過。僅靠主題的反覆和技巧，來演出這複雜的雙面性與芳醇的感性，這就是《第三十二號鋼琴奏鳴曲》會被稱為難曲的理由。

進入第二變奏，音躍動起來。拍子變化成十六分之六，變得更加律動。宛如小跳步般的節奏，讓天生的指頭也不由自主地動了起來。

舞台上的岬也出現了變化。第一樂章時凝重的表情消失無蹤，取而代之，臉上浮現打從心底享受音樂的滿足。

來到第三變奏，節奏發展得更為輕快。拍子變成三十二分之十二，呈現出宛如爵士樂的味道。岬與其說是演奏，看起來更像是配合節奏在舞蹈。看著那模樣的觀眾也沉浸在幸福感中，甚至有人隨著搖晃身體。

音無止境地往上跳躍，偶爾在空中迸開。歡欣雀躍，忘了這原本是一首速度徐緩的曲子。

但狂躁也只到這裡。旋律漸漸地找回安詳，音徐徐地往下沉。

第四變奏回到十六分之九拍。三十二分音符的三連音同時存在高音部及低音部，主題的和弦覆蓋以主音和屬音為中心的震音。才聽見長長的顫音，主題突然又回歸了。經過綿長的crescendo（漸強）之後，旋律轉為浪漫，這次溫柔地撫慰浮動的心。

舞台上的岬就像個魔術師。他只憑十根指頭，就讓聽眾絕望、狂躁，然後再加以撫慰。他的指頭編織出來的旋律，把人們變成了懸絲傀儡。

第五變奏從一三〇小節開始。最高音部以分解和弦為支撐，忠實地重現主題，慢慢地步向終局。這是寂靜之中仍讓人預感到最高潮的旋律，天生在不知不覺間緊緊地握住了雙手。

如果能夠，希望曲子不要結束。想要永遠沉浸在這種安寧和開放感之中。

很快地來到一六〇小節，顫音回歸，衝入尾聲。主題伴隨著長長的顫音與和弦的震音呈現，勇壯且強而有力的旋律馳騁在演奏廳裡。多精彩的彈奏啊！彷彿每一個音都刺入了身體。

琴音無盡徐緩地放慢，懷念地吟唱出主題，在寂靜之中迎向終點。最後一個音傳遞至演奏廳的角落，消失。

就在這時。

如夢方醒般冒出的零星掌聲變成了如雷掌聲。其中甚至有人發出歡呼。

演奏完畢的岬沒有一絲疲累的模樣，以靦腆的笑容回應聽眾。

然後，全場中所有的人都有了確信。不用聽完最後兩名參賽者的演奏，預賽第一名也已經確定了。

接下來的兩名參賽者肯定如坐針氈。在岬席捲全場的表演之後，不管再怎麼正確的運指、再怎麼個性十足的選曲，也都會黯然失色。結果兩人的演奏都滲澹收場。

天生再次前往休息室。因為可以輕易預測到預賽結果，他有話必須先說。

不出所料，休息室裡陷入騷動。岬被其他參賽者團團圍繞，爭相拉扯。

「你的演奏真是太厲害了！」

「你叫岬對嗎？到底是哪一所音大的學生？」

「你從一開始就胸有成竹，才會選擇《第三十二號》嗎？」

「我從來沒有在其他比賽看過你，怎麼會？」

「啊，天生同學。」

岬一看到天生，就像在地獄裡看到佛陀般，脫出人牆。

「得救了。」

「什麼得救了，你的災難才剛要開始。」

天生搭住岬的肩膀說：

「我都嚇傻了。我從來沒有在現場看過這麼驚人的演奏。太佩服了。我真想回去揍扁把你當成業餘人士的自己。可是，你為什麼要把這樣的才華隱藏起來？」

「我不是刻意要隱瞞。」

「我現在也不問你詳情了。可是，你的才華在音樂方面可以大展長才，但對司法是無效的。不，甚至是負面的。你沒忘了專心研習的義務吧？你還是研習生，卻跑來參加這種比賽，搞不好會弄到沒辦法畢業。」

「我想也是。」

天生緊張萬分，本人卻不痛不癢的樣子。

「什麼我想也是，你也太舒坦了吧？」

「決定要拿下冠軍時，我就已經有了心理準備了。」

「……你剛才說，在三得利音樂廳聽到的《皇帝》是契機之一，還有別的契機嗎？」

「另一個契機，是牧部六郎的《紅兔子搖滾》。」

「什麼？」

「我是被那本書觸發了。我也想要效法紅兔子，以自己原本的面貌活下去。」

「我聽不懂。」

「我再也不矯飾自己了。」

三十分鐘後，比賽結果公布了。

如同多數人的預測，關東地區預賽的首獎，由無名的參賽者岬洋介所奪下。

3

然而關東地區預賽中大爆冷門的結果，除了對音樂界一小部分人士以外，就只是茶壺裡的風暴。檢察廳的實習理所當然地繼續著，除了天生以外，沒有人知道岬的這場壯舉。

天生沒有將岬通過預賽的事告訴羽津或美波。理由他自己也說不上來。他就是不想讓別人知道岬的另一面。

決賽是七月的第二個星期六，地點和上次一樣，是凸版音樂廳。既然岬打入決賽，不管天生個人有何想法，都非去觀賽不可。打進決賽就是個問題了，但萬一岬拿到前幾名，這次他要是被指責違反專心研習義務，真的就無從辯白了。

看在外人眼中，實習的日子一如往常。但是在老師和其他研習生看不到的地方，異分子已經過了蠢蠢欲動的階段，即將破土而出。

起因是岬請了病假。上班時間都到了，岬卻沒有出現在辦公室，天生問丹羽，丹羽說本人事前已經連絡了。

「他說得了夏季感冒。」

丹羽似乎也顯得有些意外。他一定是認定岬做事滴水不漏，當然也很注重健康管理。

「不過也確實像是岬同學會做的事。」

這種時候，羽津也不忘幫忙說話。

「這個季節的感冒很難搞。岬同學一定是為了避免傳染給我們才請假，很聰明的決定。」

「或許吧。他的話，就算請假幾天，也毫無影響吧。」

美波的話相當辛辣，不過肯定岬的能力這一點，和其他人是一樣的。

但只有天生不相信這個理由。鋼琴決賽已近，像岬這麼小心謹慎的人，不可能疏忽了健康管理。

「還有，各位同學，我在找辦公桌上檢察官的鋼筆。是一支螺鈿工藝的鋼筆，有沒有人看到？」

鬼才知道。

研習下班後，天生前往先前那家出租練團室。顧櫃台的又是那名青年。

「咦，原來客人是岬先生的朋友。他正在三號練團室練習喔。」

「他從什麼時候進去的？」

「最近都是一開門就進來，練習一整天。雖然也有其他客人想用鋼琴，但岬先生已經預先付清了兩星期的費用。」

包下從開門到打烊的一整天，預先付清兩星期的費用。

錯不了了。天生站在三號練團室的門前。房間裡傳出強烈的彈奏聲。

他敲了三下門，但沒有回應。

再敲三下。結果片刻之後，岬從門縫間探出頭來：

「啊，天生同學。你居然知道我在這裡。」

即使被發現潛伏地點，岬似乎也不痛不癢。

「現在方便嗎？」

「我正好想休息一下。」

「你今天是裝病嗎？」

「不只是今天，我要請假到決賽。」

「什麼到決賽，你打算再裝病兩星期嗎？」

「天生同學以前也彈過鋼琴吧？既然如此，應該可以理解想要多接觸琴鍵一分一秒的感覺。」

「我懂那種心情，可是你想想自己現在的身分好嗎？你可是司法研習生。憑你的能力，就算請假兩星期，對複試應該也不會有什麼影響。但萬一在決賽拿到前面的名次，絕對會被司法研習所的人發現。萬一那樣……」

「到時候再說。」

「少說得那麼輕鬆！」

天生發出連自己都嚇一跳的大聲。那是受憤怒驅使而說出口的話，無從克制。

剎車一解除，接下來的話便一瀉千里：

「雖然很不甘心，但你在司法界一定會嶄露頭角。或許會在將來成為司法改革的棟樑。你擁有我瞠乎其後的資質。像你這樣一個人，不要只為了一次比賽，就毀掉一輩子。不要辜負未來需要你的力量的人！」

全部說出口後，天生陷入羞恥和自我厭惡。

自己怎麼會說出這種話？雖然是同一組的同學，但自己絕對不喜歡岬，反而應該是排斥他的才對。

下一瞬間，天生屏住呼吸了。因為岬伸出手來，緊緊地握住了他的手。

「謝謝你。」

岬筆直地注視著天生，沒有靦腆，也沒有自卑。

「謝謝你為了我這麼設身處地。」

「你不要再顧慮別人了。」

天生則是為了掩飾害臊，甩開了岬的手。

「你偶爾也該自我中心一點。」

「我現在就是自我中心的狀態。現在我滿腦子都想著決賽。老師們一定會生氣，但我完全無法把心思放在研習上。啊，可是日美子女士的案子是例外。」

「哼，你還記得啊？她的第一次開庭就緊接在決賽之後。」

岬沉思了片刻。說想要幫助自稱無罪的人的岬回來了。

「其實有件事，我想在開庭之前確認清楚。如果方便，可以陪我一起去嗎？」

雖然要求陪同，但岬要去的地方，是和法務綜合大樓同一個區域的埼玉拘留分所。週末與假日無法接見，如果天生要陪岬一起去，就只能利用平日的午休時間。

這天午休，天生溜出辦公室，來到拘留分所前，看到岬已經在等他了。

「抱歉占用了你寶貴的午休時間。」

「我是無所謂，倒是你沒關係嗎？」

應該感冒請病假的人在地檢附近晃來晃去，應該風險極大，但本人絲毫不以為意。

在窗口的接見申請表填寫必要事項，將隨身物品寄放在寄物櫃裡。寄物櫃鑰匙有號碼牌，上面的號碼就是會面號碼。兩人在等候室等待，沒有等上多久，刑務官就呼叫了號碼。

經過走廊上的金屬探測安檢門，進入會面室。因為條件是刑務官也要在場，會面室予人相當狹小的印象。岬和天生才剛坐下不久，日美子就出現在壓克力板對面。

看到來人，日美子似乎想起了岬是什麼人。她雖然顯得訝異，但還是輕輕頷首為禮。

「好久不見了。妳似乎已經選任辯護律師了呢。」

「是的。我請了公設辯護人。你們找我有什麼事？」

日美子懷疑地觀察兩人。

「你們是檢察官實習生嗎？又想從我口中問出不利的證詞嗎？」

「我來是想要向妳道謝。」

聽到道謝，日美子更加訝異了。

「我拜讀了牧部先生的遺作《紅兔子搖滾》。就是要來為此道謝的。」

「為什麼要向我道謝？」

「讀到那本書，我得到了救贖。不，不只是我，一定有許多人都能因此得到救贖。牧部女士，那本書應該要出版。」

「喔……」

日美子彷彿一拳打個空似地點了點頭。

「可是我被關在拘留所，就算想出版也……」

「妳並沒有殺害妳先生，對吧？」

「我已經對檢察官說過很多遍了。」

「既然如此，妳就是清白的。請放心。妳一定會重回自由之身。」

天生想制止說「少不負責任地亂打包票」，但岬似乎深信日美子的清白，毫不懷疑。

日美子似乎也有同感。她眼神有些怨恨地責備岬說：

「你是事不關己，才能說那種話。」

「如果讓妳覺得不舒服，我向妳道歉。可是，我認為妳非常了不起。為什麼只有《紅兔子搖滾》，牧部六郎先生要以本名來寫作？反過來說，為什麼從出道作開始的五本作品，都使用Makibe Rokuro這個筆名？理由妳應該比任何人都更清楚。因為出書的時候，兩位應該仔細討論過了。可是，不管是對警方或是檢方，妳都完全沒有提到那段經緯。因為筆名的由來，有可能威脅到繪本作家Makibe Rokuro的存在。」

天生完全無法理解岬在說什麼。然而日美子原本半閉的眼睛整個張開，眼神驚恐地看著對方。

「即使妳先生過世了，妳仍然拚命保護著繪本作家Makibe Rokuro。儘管就算揭曉祕密，也不會有人責備妳。」

「……我完全……不懂你在……」

「我也去見了芙洛爾出版社的菅石小姐。菅石小姐說，包括出道作在內，五部作品都濃濃地反映出牧部六郎先生的思想信念，但我的想法有些不同。確實，牧部六郎先生毫不掩飾政治批判，但我認為那是為了隱藏其他部分的障眼法。然後牧部六郎先生寫下《紅兔子搖滾》的動機，以及會想要在這本作品使用本名，全都起因於此。我說的對嗎？」

岬語氣淡然地追問著。結果日美子彷彿承受不住地別開了視線。

「我不想再跟你說下去了。」

「這些事實，只要妳成為刑事被告，在法庭上和檢方對抗，遲早都非揭露不可。」

岬即使遭到拒絕，仍然繼續說下去。不是責備，也不是窮追猛打，只是試著說服。儘管毫不激烈，他的熱情卻讓天生瞠目。

「日美子女士，世上有許多難以接受的事實。但世界以驚人的速度在改變。區區一個司法機關、一名法律家的觀點，會輕易被世界拋下。《紅兔子搖滾》也是如此。即使現在很困難，總有一天也會受到讚賞的。」

「夠了！」

日美子突然叫出聲來。

「你回去，不要再來了！」

在場的刑務官無法放任混亂不管，插進雙方之間。

「請不要刺激被告。會面到此為止。」

刑務官不容分說地把兩人趕出拘留分所了。

「給我解釋，剛才那段對話到底是什麼意思？」

「是那場檢察訊問的延長。」

天生在大門前逼問，岬卻雲淡輕風地沒有正面回應。

「如果日美子女士可以主動坦承，事情就簡單了，但還是沒辦法事事如願呢。但距離第一次開庭還有時間。無論如何，都必須避免讓她就這樣扛起殺人罪。」

這時，岬的懷裡傳出手機鈴聲。

「喂，我是岬。前些日子多謝關照了。……這樣嗎？驗出來了嗎？非常感謝。抱歉，理由晚點我會說明。」

講完電話後，岬依然理所當然的模樣，不動如山。

「是那個女刑警打來的嗎？」

「對。之前交給瀨尾刑警的東西，指紋似乎吻合。」

V

Altiero con brio

アルティエロ コン ブリオ

～驕傲而生氣蓬勃地～

誇らしげに　生気に満ちて

1

結果岬不肯告訴天生他交給瀨尾的東西是什麼。這讓天生被吊足了胃口，但還有更令人困擾的狀況在等著他。

七月第二個星期五，天生在地檢走廊被丹羽叫住了。

「我想問你岬同學的事。」

聽到那比平常更冰冷三分的語氣，天生有了不祥的預感。他想起害怕惡作劇曝光的小時候。

「岬同學已經請了將近兩星期的病假。檢察官再三要求他提出醫師診斷證明，但他連通電話都沒有打。這到底是怎麼回事？」

「就算問我，我也不知道啊……」

「就算扣掉你們同組這個事實，我聽說你跟他在宿舍是隔壁寢。隔壁室友是不是生病躺在床上休息，應該還聽得出來吧？」

「我們又不是會互借味噌醬油的好鄰居。」

結果丹羽面無表情地從口袋裡掏出一張紙。似乎是用列表機印出來的A4紙張。

「這個你怎麼看？」

看到在眼前打開的列印紙張，天生說不出話來。

『二〇〇六年度第四〇屆　全日本鋼琴大賽決賽公告　決賽參賽者名單』。

總共三十名的參賽者姓名當中，岬洋介的名字就列在後方。

「蒲原檢察官透過司法研習所接到了報告。有研習所的人在網站上看到他的名字。」

可惡，多管閒事！

八成是嫉妒岬的某個研習生幹的好事。

「應該是同名同姓的別人吧？」

「每個人都這麼想。但我向比賽單位詢問，長相和年齡完全符合。」

天生真想詛咒比賽單位的軟弱。就算檢察廳詢問，也應該堅決保護參賽者的個資才對。

「他的琴藝是什麼水準，我個人很感興趣，但重要的是專心研習義務。即使不論鋼琴演奏是否相當於副業，但參加比賽，很有可能牴觸義務。」

「司法研習生連休閒嗜好都不能擁有嗎？」

「是程度問題。要參加比賽，練習量就非同一般。如果被質疑為何不把拿去練琴的時間用在司法研習上，會無從辯解吧？」

現在輪到天生窮於回答了。

「我打過他的手機幾次，但都被拒接。這不是義務教育，找到研習所的宿舍去，我覺得似乎有些過頭了，你知道他人在哪裡嗎？如果他打算參加決賽，應該躲在某個地方努力練習才對。」

丹羽應該料不到岬努力練習的地點就在地檢近旁吧。這就叫做丈八燈台，照遠不照近。

「我不知道。不管再怎麼問我，答案都是一樣的。」

「我是很希望這事能穩妥地收場。」

丹羽留下令人耿耿於懷的話，往走廊另一頭離開了。

丹羽似乎也向兩人打聽了岬的下落。一走進辦公室，羽津和美波立刻連番發問。

「我們聽說岬同學的事了。」

羽津顯得有些煩躁。

「他在音樂方面也有出眾的才華呢。我知道他不喜歡炫耀，可是說一聲也不會怎樣吧。」

話中隱約聽得出失望和嫉妒。

「我們全力以赴地面對的司法研習，對岬同學來說，也就像是業餘活動嗎？」

「我不曉得他是當成業餘活動還是認真的，但總之他根本沒放在眼裡。」

美波更是憤憤不平，完全不掩飾憤怒。

「明明老師都那樣耳提面命要遵守專心研習義務，我們聽到耳朵都快長繭了，他那副態度，就好像研習所的規矩和我們的立場，都不關他的屁事。」

「也不是這樣吧。」

遇到這情勢，天生無可避免地要為岬說話。連他自己都覺得很荒謬，但也發現自己不惜為岬辯解。

「如果他真的不在乎研習規定或我們的立場，應該從一開始就會到處吹噓自己參賽的事。沒有這麼做，正證明了他覺得有罪惡感吧。」

「罪惡感喔……」

「基本上他對自己以外的人都很好。從他在檢察訊問的表現，大家應該都非常清楚了。」

瞬間，美波支吾起來。

「……一般來說，人與人相處，應該是愈相處愈瞭解的，可是岬同學卻是相反。他從以前就夠難捉摸了，現在聽到他跑去參加鋼琴賽，更是教人摸不著頭腦。」

「我也同意。他這人該怎麼說？不食人間煙火，我從以前就覺得他跟我們是不同世界的人。」羽津也說。

不同世界的人，天生覺得這說法雖不中亦不遠矣。即使呼吸著相同的空氣，說著相同的語言，岬眼中的景色，也不同於天生等人看到的景色吧。

雖然不喜歡濫用天才這個詞，但自從在預賽中聽到岬的《第三十二號鋼琴奏鳴曲》，天生開始覺得這個詞應該就是用來形容岬這種人的。天生並非完全的音樂門外漢，因此更清楚岬的琴藝有多麼地神乎其技。這也就罷了，但不到一個月的練習時間，就恢復到那種程度，這個事實就已經教人難以置信了。

最令人驚愕的，是他的鋼琴技巧。

鋼琴是只要敲鍵就會發出聲音的樂器。但也因為如此，需要比其他樂器更高的技巧，以及更勝於技巧的事物。像是對音樂的態度、對樂曲的深刻理解、蘊含的情感、以及扛起的覺悟。

天生在高中放棄了鋼琴夢，才華有限也是原因，但更是因為他認清了自己決定性地缺少超乎技巧的某些事物。所以他能夠切膚地理解岬的特異。看似普通，實則非凡。甚至讓人有種波瀾不驚的水面下，溶岩正滾滾沸騰的畏懼。

「他確實跟我們不一樣。雖然很不喜歡這樣說，但有時候我覺得他是被不小心誤丟進司法研習所來的。可是他完全沒有理由遭到責備。」

聽到天生的話，兩人就此沉默了。因為基本上他們還是好人吧。然而美波的話卻在耳底徘徊不去。

專心研習義務。沒錯，這對岬來說，是最嚴重的問題。

明天就是決賽了，岬現在會待的地方，就只有一處。天生等到下班時間，前往那家出租練團室。因為擔心被研習所人員跟蹤，天生不停地留意背後，還特地繞路。他花了平常走路十五分鐘兩倍以上的路程，才總算抵達。

打開練團室的門，一如往常，那名青年在櫃台迎接他。

「歡迎光臨。」

「岬在這裡吧？」

一說出岬的名字，青年立刻笑逐顏開：

「我聽說了，岬先生打進全日本鋼琴大賽的決賽了。如果他得了前幾名，就要請他幫我們留一張簽名海報……」

「抱歉。」

沒空聽完他的話。天生經過櫃台前面，匆匆走向三號練團室。

房間裡傳出各種比前些日子更激烈的聲音。在預賽中記住岬的琴音的耳朵，可以從各種音樂聲中辨別出他的琴聲。岬好像忘了鎖門，一轉動門把，門立刻打開了。開出一條小縫，傳出的琴音更大了。

琴音大到這種音量，只聽到幾小節，就能想到曲名。一樣是貝多芬的鋼琴奏鳴曲。而且是難易度不下《第三十二號》的難曲。

天生從小縫中偷看演奏中的岬。瞬間，他屏住了呼吸。

岬一心一意敲擊著琴鍵。他完全沒發現天生正從門縫偷看，眉頭緊鎖，彷彿正忍耐著痛楚，以全身和鋼琴格鬥。劉海被汗水貼在額頭上，他也全不在意。

絲毫沒有平日的優雅或超然飄逸的感覺。在那裡的，只有追求自己的極限，並掙扎著突破的求道者的身影。

天生連出聲都不敢，覺得自己就像個猥瑣的偷窺者。他正決定就這樣悄悄把門關上時，岬的目光捕捉到他了。

「嗨。」

岬看到天生，手仍繼續演奏。直到彈完第一樂章，他才停下手指。

「抱歉，沒注意到你。」

不用為這點小事一一道歉。

「今天丹羽事務官向我打探，問我知不知道失蹤了兩星期的岬洋介跑去哪了。」

「我完全沒接研習所和檢察廳的電話，這也難怪。」

「別說得事不關己。」

岬抿唇微笑。似乎被說中了。

「……你真的覺得事不關己囉？」

「抱歉。現在我滿腦子都是決賽，沒有餘裕去想別的事。」

「什麼別的事，這關係到你將來的工作欸。」

「很少有人一天二十四小時，一年三百六十五天，都在想著未來的事。如果真的有這種人，我會很尊敬，但我實在學不來。」

「好像是研習所有人告密。真是，多管閒事。就是有人想看到你掉進泥沼裡。」

原以為岬會同意，沒想到他開心地露出笑容：

「那太令人高興了。」

「有什麼好高興的？」

「這表示研習所裡有人對鋼琴賽感興趣啊。有更多的人對古典音樂感興趣，令人欣喜。」

天生真的傻眼到家，嘴巴都合不攏了。有人想要陷害他，他卻完全不以為意嗎？

「就像我之前擔心的，問題是這是否牴觸專心研習義務。你想到什麼好的藉口了嗎？像是國民有自由表達的權利之類的。」

「喔，憲法第二十一條嗎？這主張確實值得拿來做為抗辯手段，但違反義務的問題點，在於用來研習的時間，因此和允許表現的自由並不矛盾。只憑第二十一條想要過關，或許相當困難。」

果然事不關己嘛。

「你怎麼能那麼冷靜？」

「與其說是冷靜，我是完全無法去想決賽以外的事。」

「我可以理解你想要全心投入。你打算用現在在練的曲子去參加決賽嗎？」

「對。」

「決賽的指定曲是貝多芬嗎？」

「預賽是，但決賽可以自由選曲。但我決賽也想要以貝多芬決勝負。」

「《第三十二號鋼琴奏鳴曲》也是難曲，但這首曲子還要更難耶。而且很長。」

「普通的曲子，只能做出普通的表現。」

對於貝多芬迷的天生來說，這值得開心，但岬不可能只憑喜好在做選擇。天生問他理由，他要天生坐下來。

「天生同學的話，應該知道〈海利根施塔特遺書〉吧？」

不需要別人再次說明。貝多芬在作曲的時候，不時陷入耳鳴失聰，他在不安與絕望交相折磨下，於療養地點的海利根施塔特寫下了遺書。

『我不可能拜託別人說：「說大聲一點。」我身為音樂家，感官應該要比別人更完美才行。坐在我近旁的人聽到牧羊人的笛聲，我卻什麼都聽不見。這對我而言，是多麼大的屈辱啊！』

「寫下苦難與失意的文字，毫無疑問是遺書的形式。但最後的結語卻是『是藝術挽留了我的生命。在尚未達成我應盡的職責之前，我不能撒手人寰』。」

「嗯，比起遺書，更像是在宣誓決心。實際上，他在寫下遺書之後，又創作出許多名曲。不過這又怎麼了？」

「即使不到樂聖那種程度，我以前也曾經絕望過。」

那語氣總有些懷念。

「我害怕站上舞台，面對音樂讓我痛苦，所以我離開了鋼琴。」

岬沒有說出他絕望的具體理由。應該是不願意被人同情吧。既然本人不願意說出理由，天生也不想刻意追問。

「可是貝多芬不一樣。他遭遇到對音樂家來說形同死亡的悲劇，因為過度絕望，甚至想過要自殺，但他還是相信音樂的力量，站了起來，像浴火鳳凰般重生復活。說來丟臉，但我直到最近，才總算學到了他的勇氣。」

「在重返演奏時，你會選擇貝多芬的曲子，就是這個理由嗎？」

「告別鋼琴時，我最後一首彈的曲子是《悲愴》。所以我想若要重回演奏，應該再一次從貝多芬開始。」

「你果然很古怪。」

岬的言行讓天生傻眼過無數次，但漸漸地感到莞爾了。

「其他人絕對會逃避的路，你卻哼著歌踏上去。」

「我只是找不到其他選項而已。」

岬自慚地笑道。雖然令人不甘，但看到這樣的笑容，教人覺得對他惡意相向實在愚蠢。

「既然被研習所和檢察廳知道了，你也沒辦法隨便回宿舍了。」

「我也想到這一點，今晚要在練團室過夜。」

「可以嗎？」

「我已經徵求練團室老闆同意了。不過他的條件是絕對要拿到名次。還有，請收下這個。」

岬遞出來的是明天的門票。

「我希望天生同學來聽我的演奏。」

2

隔天，在即將開場的時刻前往凸版音樂廳的天生，在排隊觀眾中看見意外的人影。

「啊，天生同學果然也被邀請了。」

先發現天生的是羽津。前後還有美波和蒲原。

「連老師都來了……」

「昨天下午寄到檢察廳的。」

蒲原板著臉甩了甩門票說。

「做為研習生，這種態度實在不值得嘉許，但既然都送票邀請了，視而不見也未免幼稚。」

「宿舍也收到了。」

美波也舉起門票來。

「郵戳一樣是和光市內的郵局。一定是算準了昨天會寄到的時間寄出的。不讓收到票的人有時間思考，真是個策士。」

「先不論來聽演奏是不是對的，要怎麼處分他，思考的時間多得是。」

蒲原憤憤地瞪著門票說。就算瞪一張紙，岬本人也不可能感到惶恐，但蒲原就是不由自主要這麼做吧。

「如果他打算展現在比賽中奮戰的模樣，拉攏援軍，那他就想得太美了。以為只是表演一下業餘人士的演奏，我就會轉為支持，那是大錯特錯。」

也許是嚥不下這口氣，儘管眾目睽睽，蒲原卻怒形於色。

「他把我對他莫大的期待當成什麼了？研習所每一個老師都肯定他具備法律家的資質。像他這樣被寄予厚望的人難得一見。然而他卻偏要違反規則，不把將來當回事，這到底算什麼！」

雖然有些情緒化，但站在指導老師的身分，蒲原的話能夠理解。或許因為合情合理，美波也無從反駁。

但羽津提心吊膽地開口：

「就像老師說的，岬同學的行動，讓人完全無法苟同。就好像我們這些凡夫俗子拚命在踩腳踏車，他卻開著超跑揚長而去，教人不甘心極了。」

美波點頭表示同意：

「但這完全只是我們的看法。每個人眼中的世界、想要前往的地方都不一樣。我們想要的東西，岬同學一定毫不稀罕，而他想要的東西，是我們所不想要的。」

羽津感慨萬千地看著手中的門票：

「所以，今天我是來看岬同學到底是在追尋什麼的。如果說這是凡人的嫉妒，那也就如此了，但岬同學想要什麼、以什麼為目標？如果不知道這些，我也無法立下覺悟往前進。」

「我也一樣。因為一直以來，我們都在各個場面見識到彼此之間的才華差距。」

美波也不隱藏挑戰的態度。

「要是結果他端出來的是半吊子的演奏，我就要衝進休息室惡狠狠地臭罵他一頓。」

「我是不論結果如何，都要好好訓他一頓。」蒲原說。

很快地，開場時間到了，長長的人龍逐漸被吞入會場當中。

決賽是在全國五個區域中脫穎而出的前六名、共三十名參賽者一決雌雄。岬的登場次序一樣是下午。

岬為眾人準備的是一般座位。對古典音樂完全生疏的三人動來動去，確定座椅的感覺。

會場的氛圍和預賽果然天差地遠。包括音樂界人士在內的觀眾，他們的期待與不安讓空氣凝結，不容分說地提升了緊張感。毛毛躁躁地東張西望，或專注地盯著參賽者名單的人，十之八九是參賽者的家人。

不管是什麼樂器，學音樂都很花錢。比方說鋼琴，要把小孩子栽培成上得了檯面的演奏家，需要約兩千萬圓的資金。聚集在這處會場的家庭，幾乎都把這麼多的錢貢獻給音樂了。這會是一筆有回報的投資，或是扔進水溝裡的錢？說來俗氣，但也有不少家庭是為了這種理由而緊張。事實上，天生的父母就是如此。

參賽者一定就和預賽時一樣，被安排了D休息室。想像休息室裡的景象，天生感到如坐針氈。音樂比賽全國各地都在舉行，因此前幾名的常客多半是認識的臉孔。彼此都知道對方的實力和成績，因此見面的瞬間，就會意識到對方。這樣的參賽者們被關在同一個空間，緊張的程度，不是觀眾席能夠比較的。

岬就身在他們之間。沒有任何比賽實績的岬，形同被丟進一群貓裡的鴿子。如果天生站在岬的立場，絕對會承受不了那沉重的空氣，嘔吐出來。不過岬的話，即使被身經百戰的參賽者所包圍，或許也能泰然自若。

參賽者都是各地區的前幾名，這場比賽水準當然極高。但天生從自身的經驗，也知道有些參賽者會因為水準高而萎縮下去。雖然有排名，但說到底，最大的敵人就是自己。

天生思考昨天岬提到的〈海利根施塔特遺書〉。貝多芬儘管恐懼著對音樂家而言形同死亡的失聰威脅，仍然想要重新站起來。他的敵人，一樣是怯懦的自己。

羽津和美波說想要知道岬追尋的是什麼，但天生已經隱約看見那是什麼了。他是為了確認而坐在這裡。

通知五分鐘後開賽的廣播響起，天花板的燈光漸漸轉弱，觀眾席暗下來後，舞台亮起，在場中幽幽浮現。

『參賽者第一號，高梨英也。蕭邦，鋼琴圓舞曲第一號至第三號。』

舞台側邊走出一名瘦瘦高高的青年。他踩著慣練的步伐，走向鋼琴，行禮之後，立刻開始演奏。

一聽就知道極富水準。節奏正確，失誤也在容許範圍內。最重要的是可以安心欣賞。

起初羽津和美波的表情都很僵硬，但進入《第三號　華麗大圓舞曲》時，已經徹底放鬆下來的樣子，沉醉在演奏之中。蒲原依然一臉肅殺，眉頭緊攢地瞪著舞台。

接下來，通過預賽的佼佼者們扎實的演奏也肅穆地進行下去。

進入休息時間，天生等人在蒲原帶領下，前往二樓的餐廳「小石川陽台」用午餐。雖然有支薪，但不能打工的司法研習生的生活稱不上寬裕。

「不可以告訴研習所其他人。」

蒲原如此叮嚀後，買單請客。

「不過古典音樂真不錯呢。」

大啖泰式烤雞的羽津感嘆說。

「對平常塞滿了法律專門術語，變得硬邦邦的腦袋來說，是很棒的調劑。」

「高中的時候，我都會去聽安室奈美惠和globe的演唱會，不過這也是我第一次聽古典音樂會。」

美波也頗感滿意地戳著沙拉。他們一定覺得古典音樂對於飽受實習折騰的身心來說，是很棒的恢復劑。

「我無法理解。」

但蒲原依然滿臉不悅。

「我不否定音樂、古典音樂的好。音樂有傳承上百年的歷史，和司法有相似之處。但為什麼岬一定要把音樂擺在司法研習的前面？」

蒲原一邊氣憤咒罵，一邊吃肉片蕎麥麵的模樣有些滑稽。

「他的價值觀到底是怎麼搞的？法界人士都是天之驕子。他不明白這一點嗎？」

在蒲原正面吃著鹽烤鱸魚的天生在內心反駁：

沒錯，老師，我們確實是拚命念書，通過了許多的考試。

但選擇了我們的是成績。是人為了給人排序而發明的數字。

但是能在比賽中得名的參賽者，不是被成績相中。

而是得到音樂之神的青睞。

下午的賽程，參賽者的演奏技術更在伯仲之間。每一個都難分軒輊，天生想像如果自己是評審，一定會非常苦惱。在高水準的比賽中，觀眾也很難有片刻鬆懈。天生的周圍幾乎沒有任何一個觀眾在憋哈欠。

「終於快輪到了。」

看著參賽者名單的羽津聲音有些緊張沙啞。

「下下一個就是岬同學了。」

第二十八號的女參賽者，選曲是李斯特的《鐘聲》。這是李斯特將帕格尼尼的小提琴協奏曲改編而成的鋼琴獨奏曲。各處都有模仿鐘聲的優美琴音出現，但這不是普通的技術能夠表現的曲子。這名參賽者以不像女性的強力擊鍵，彈完了這首名曲。就天生聽到的範圍內，也只有兩處失誤。

結束演奏行禮的她，得到了全場毫不吝惜的掌聲。各地區的第一名都集中在決賽尾聲，自然接連出現極優秀的演奏。

『第二十九號參賽者，岬洋介。貝多芬，第二十一號鋼琴奏鳴曲《華德斯坦》。』

來了。

岬現身舞台。應該是天生的錯覺，但感覺燈光的亮度一下子變強了。

「啊。」羽津有些驚訝。「岬同學在緊張嗎？我第一次看到他緊張的樣子。」

天生默默同意。不，今天的表情比預賽的時候更要緊繃許多。沒有絲毫餘裕或散漫。

但那絕不是窩囊的神情，反而顯得堅毅，甚至是勇猛。只能說是不可思議，但岬的緊張傳播到會場，連觀眾都被異樣的氛圍所籠罩。

「怎麼回事……？」

美波害怕地張望四周。

「每個人都僵住了。」

廣播告知曲名的時候，觀眾便出現變化了。《華德斯坦》是後人所取的俗稱，正式名稱為《C大調第二十一號鋼琴奏鳴曲，作品第五十三號》。俗稱是來自於貝多芬將這首曲子獻給他的贊助人之一華德斯坦伯爵。這首奏鳴曲與《熱情》並列為貝多芬中期的最高傑作，但同時也是一首相當困難的曲子。由於會一清二楚地暴露出演奏者的技術水準，也經常被當成音大入學考的選曲。若非對自己的本事有自信，否則不可能會選擇這首曲子。

而直到預賽前都無人矚目的無名參賽者，居然要挑戰這樣一首難曲。是刻意要來出洋相，還是會展現出乎意料的奮鬥？眾人皆好奇萬分，因此非比尋常的緊張束縛了整個會場。

感覺得到岬一坐下來，所有的觀眾都屏息了。

時間也停止了。在岬的手指活動之前，時間不會流動。

岬緩緩地抬起雙手，擊下第一鍵。

第一樂章，四分之四拍，C大調。

從*pianissimo*（非常弱）的連續和弦開始。低沉轟響的聲音宛如大鼓。天生想起了鋼琴追根究柢，也是一種打擊樂器。

接著加上高音的倚音，以落下的音型提示第一主題。乍看之下像是伴奏的右手的音從E、#F到G，構成聽過一次就無法忘記的旋律。

呈式部的短短數小節，聽眾就已經被岬的琴聲緊緊地纏住了。主題激烈地上下，律動舒適地搖晃著觀眾。

流麗的節奏片刻不停歇，連續的和弦轉變為震音後，弦律變得更加愉悅。時而緩慢，時而陡峭。天生感覺到自己的心就要與旋律同化。乾燥斑駁的感情得到滋潤，這幾天逞強或是急躁的記憶軟融融地盪漾化開。

這是什麼樣的快感？

天生委身在身體深處湧出的安寧，注視著舞台上的岬。岬預賽的時候也技壓群雄，但他今天的琴藝更超乎當時。從第一擊就緊抓住觀眾的心不放。抓住之後，便隨心所欲地操弄。

就算幾乎天天關在練團室裡練習，但也才不到兩個星期的時間而已。儘管時間這麼短，但表現的寬度與深度，都有了長足的進化。

不，不對。

不是進化，而是更進一步復原了。現在的才是他原本的水準，預賽的階段，只是尚未徹底覺醒而已。

第二主題以八分三連音符的分解和弦出現。第一主題使用了許多過渡樂句，第二主題則抒情洋溢，讓人聯想到聖詠歌。兩個主題交互出現，營造出愉快的緊張感。並非單純的對立，而是彼此共鳴，所以產生了相乘效果。

天生一時難以置信。岬說他離開鋼琴已經近五年了。但這絕對不是有五年空白的人能夠拿出來的演奏。完全相反。這是超過五年，日復一日面對琴鍵的鋼琴家的琴聲。但岬不可能撒謊。實際上進入研習所後，他們從早到晚都在聽課和擬判。

只能承認了。世上真的有天才。今天站在這個舞台上的，都是一時之選，但音樂之神願意微笑的對象，更是只有其中的一小撮人。自己沒能得到的微笑、沒能抓住的機會。然而奇妙的是，現在他卻不感到懊恨，反而有一種甜蜜的懷念。

和弦的分散與交織，就宛如一場舞蹈。在會場內舞動的旋律擺布著天生。

在展開部，主題不斷地變換形姿反覆出現。從F大調開始、C大調、C小調、G小調、C小調、F小調、降B小調、降A小調、F小調，然後又回到C大調。轉調繁複繚亂，暫時下落的音，在下一刻又昂然挺立。劇烈的變化，是貝多芬的鋼琴曲的特色，但是在《華德斯坦》中更為顯著。只要打開樂譜便一目瞭然，在這個展開部，p（*piano*，弱）才剛變成f（*forte*，強），緊接著又變成了pp（*pianissimo*，非常弱）。

只要是親近過鋼琴的人就知道，只是單純地調整音量還好，但要急速降低音量相當困難。不只是手腕和手臂的力道強弱，觸鍵的手感也需要變化。這就是《華德斯坦》被稱為難曲的理由之一。

然而岬的手指卻柔軟地拂去了那些擔憂。從天生的座位看得到他的手指，就像機器人一樣精準而俊敏地移動著。光是看著他的運指，不安就被甩到了天邊。

接著出現的第二主題，以八分三連音符的動機及切分音的節奏展開。一樣重複轉調，從C小調、F大調、降B小調、降E小調、B小調到C小調，為聽者帶來難以形容的興奮。

疾馳的旋律與奔騰的節奏。前一刻變得內省，下一刻主題又變換形姿現身。聽眾不被允許靠在椅背上安閒聆聽。只能讓自己的心跳配合在舞台上施展的狂舞。

這就是音樂所擁有的支配力。僅憑傳入耳中的資訊，就能操縱人的感情，扭轉感受，甚至支配身體狀況。做得到這種事的就只有魔術，然而得到繆思祝福的鋼琴家卻能輕而易舉地達成。即使有人可以不遵從法律，卻沒有人能抵抗源自體內深處的快樂。從這個意義來說，音樂家比法律家更不道德，而且魅力十足。岬會對法律世界不感興趣，也是可以理解的。

音型漸漸向上，瘋狂地持續舞蹈。持續音與十六分音符編織而成的音型綿延不絕。一般來說，這應該會讓人感到冗長，但貝多芬的高超手腕卻賦與了它宏大的印象。而岬正確地理解作曲家的意圖，以十根指頭予以實踐。

音型反覆著，音漸次下落，但也只有片刻而已，很快地，琴音便以幾乎無法喘息的速度往上衝刺，緊接著又擊下*ff*（*fortissimo*，非常強）音。

曲子毫無間斷地轉移至再現部。再現部非常地漫長，似要結束，卻遲遲看不到終點。展現出似要歇止的模樣，但很快地又以附點節奏延續下去。

第二主題首先以A大調出現，接著反覆A小調。重複著比呈示部更戲劇性的上下起伏，天生的靈魂緊緊地被旋律抓住了。

撼動心胸的擊鍵，讓他連呼吸都感到困難。

蘊含著哀傷和喜悅的旋律，撬開了心中的門鎖。

天生已經不感到嫉妒或羨慕了。他被岬的琴聲所魅惑，半強迫地被折服了。不放過惡行的檢察官、審判人的法官，以及保護委託人權利的律師。這些都是魅力十足、富有意義的工作。岬的話，不管從事任何一行，肯定都能留下超水準的成績。

但那不是岬原本的姿態。是被天生無法窺知的隱情及周圍的期待所罩住的虛假模樣。

真正的岬，是現在舞台上的他。是以指頭操縱人心，自由自在地帶來緊張與安寧、慟哭與歡喜的魔術師。

持續變化的旋律，瞬間露出回首顧盼的模樣。從這裡開始的音型真正是奮力奔馳，旋律有如衝上陡坡。天生甚至忘了呼吸，守望著衝刺的終點。

音漸次轉小，以為即將徐緩地消失了，卻在下一瞬間突入了尾聲。

降D大調的第一主題重疊上來，彷彿要催逼聽者般發展開來。重複著變型的旋律，忽上忽下。

天生覺得這是孤獨的旋律。愈是向前奔跑，身邊愈人影稀疏，不知不覺間，只剩下自己一個人。即使如此，以終點為目標的人依然不允許停滯。狂熱的奔馳感中，交織著如此的孤獨。甚至散發出一股赴死的悲壯感。

但舞台上的岬，那張俊秀的臉孔沒有任何扭曲。應該是因為接下來還有兩個樂章，但那張表情，就像是以令人悚然的自制力在壓抑著亢奮。然而手中的演奏卻又極盡暴烈。

最後第一主題出現，粗暴的f（強）音擊入楔子，第一樂章結束了。

瞬間，弛緩在觀眾席擴散開來。

儘管只是短短十一分多鐘的演奏，放眼所及，幾乎所有的觀眾都呆掉了。雖然這是全國規模的鋼琴比賽，但肯定沒有人料想得到能聽到如此高水準的演奏。

羽津和美波也幾乎恍惚了。兩人的嘴巴都半張著，呆呆地看著舞台上的岬。

「那真的是岬同學嗎……？根本就是不同的人。」

蒲原也半斤八兩。原本不悅地板起的臉整個驚愕，眼神像在懷疑舞台上的岬是不是真的他。

岬不理會他們的困惑，手指再次揮下琴鍵。

第二樂章，八分之六拍，F大調。

開頭無比陰鬱。低沉、緩慢，宛如在地面爬行般進行。與第一樂章極端的差異令人驚訝，但其實《華德斯坦》原本準備了不同的第二樂章，不過因為感覺過於冗長，才換成了現在的由二十八個小節構成的短樂章。

雖然是F大調，卻沒有華麗的印象，而是有著蜷縮在地面的人不時抬頭上望般的不安氛圍。

不過儘管低沉微弱，岬的手指仍明確地刻畫出每一個音，送向觀眾席。即使是弱音，也極為清晰，因此旋律間的空檔擴散出哀傷。

眼花繚亂的旋律和擊鍵固然魅力十足，但鋼琴家的本領，真正的價值在於弱音的表現。從這一點來看，也不難想像，第二樂章的演奏將會影響評審的印象。

曲調從陰鬱搖身一變，轉為平穩。短短六小節的優美旋律，宛如從烏雲間射入的一道光。

無伴奏的獨奏部分，雖是單調的旋律，卻不讓人感到厭倦，因為細微部分的表現極為豐富。每一個音都確實地傳遞至聽者的心胸，因此聽眾只能屏住呼吸，聆聽曲子要走向何方。

天生能切膚感受到，觀眾都專注其中。可以知道他們正繃緊了神經，不放過任何一絲岬想要傳遞的琴音、想要表現的感情。太令人驚嘆了。岬的支配力不僅止於鍵盤，甚至擴及了觀眾。

宛如自問自答的主題反覆著。

低沉，再低沉。

很快地，高亢的G音疊上C大調的屬和弦，第二樂章寧靜地結束了。

第三樂章，四分之二拍，輪旋奏鳴曲形式。

接續上一個樂章，呈示部沉穩地開始。中音域的分解和弦帶來不知道第幾次的安心感。但是在安心之中，不安仍不時探頭而出。這裡也貪婪地索求觀眾的專注力。

Pianissimo（非常弱）音華麗地描繪出輪旋曲主題，同時以八度音唱出主題。主題是以貝多芬出生的地方民謠為基礎，樂譜中有許多使用踏板的指示。快速的樂節及長顫

音。旋律潛藏在顫音裡，能精妙地呈現出多少，是難關之一。

岬輕而易舉就跨越了這個難關。雖然可恨，但天生現在只想耽溺在他的技巧當中。

漫長的顫音後，輪旋曲主題再次出現。

左手的節奏和右手的旋律將觀眾引入悅樂。從羽津和美波的表情可以一清二楚地看出這一點。兩人都維持著緊張感，嘴角卻微帶笑意。音樂帶來的悅樂，或許近似酒精帶來的酩酊。

接續三連音符，A小調的第二主題出現的瞬間，開啟了呈示部。帶來悅樂的旋律漸漸地益發狂躁。動機以獨奏串連，由於沒有伴跑的對象，聽起來更加瘋狂。倏然一轉，傲然高歌，再次沉陷在狂躁的舞蹈當中。

輪旋曲主題加上分解和弦的伴奏、八度音、顫音層層疊疊，一再顯現。這樣的反覆成為展開部整體的節奏，使瘋狂不斷加速。

被捲入接連釋出的旋律漩渦，觀眾也開始坐不住了。有人用指頭打拍子，有人微微搖頭晃腦。應該都是無意識的動作，但驅使人們如此表現的演奏，讓天生不寒而慄。每個人都沉醉在音樂裡，所以都忘了，但施展這場集團催眠的人，只動了他的指頭而已。

曲子暫時降低音量，彷彿不知何去何從，表現出停滯的姿態。但這並未持續太久，立刻又起身展現舞姿。進入C小調的小節後，輪旋曲主題的動機變成和弦反覆，與分解和弦重疊在一起展開。瘋狂暫時稍微銷聲匿跡，營造出困惑的樂句取而代之。原本充滿濃重男性色彩的曲調加入女性味道的樂句，使得樂想更形豐潤。

樂曲沉靜下來後，再次進入再現部。輪旋曲主題以ff（非常強）音復甦，展開名符其實的輪旋舞。

強力與纖細同時並存。相反的要素能以自然的形態兩全其美，是因為演奏者擁有堅定不移的意象以及精確無比的演奏技術。即使從這裡看過去，岬的運指也實在太快了，根本無法捕捉。演奏開始都已經過了快二十分鐘，但岬不僅沒有疲態，反而愈增敏捷。

跨越某個水準的鋼琴家就近似運動員。那樣清瘦的身體裡面，究竟哪裡隱藏著如此無窮盡的體力？原有的體力，加上平日的鍛鍊。除此之外，若是不考慮力氣的分配，會難以彈奏完一整首奏鳴曲。岬到底是在哪裡儲備出這些體力的？一起進行實習的天生覺得不可思議到了極點。

岬的連擊沒有停止。纖細的手指舔過琴鍵似地滑行。天生的亢奮感也無法遏制。即使想要壓抑，心也渴望飛向天空。

很快地，以*ff*（非常強）音刻畫出輪旋曲主題後，連續的三連音符樂節逐漸擴大。十六分三連音符的分解和弦慢慢地消失，為接下來的高潮累積能量。即使不是像天生那麼瞭解《華德斯坦》結構的聽眾，也能充分預想到現在的沉靜不是單純的結束。就是帶著這種不安的推移。

覺醒的琴音，是衝入尾聲的信號。八度音的急速攀升，朝向天空奔馳而去。在貝多芬作曲的那個年代，當時的維也納式擊弦機鋼琴，琴鍵比現在的鋼琴更輕，因此能夠做到1－5的運指，但是在琴鍵變重的今天，演奏法本身必須改變，否則無法適用。

然而令人驚訝的是，岬竟依照貝多芬留下的運指指示，跨越了這裡的難關。這與其說是演奏，更應該形容為強硬地制伏了現代鋼琴。如果遵照作曲家的意圖，當然能夠更正確地傳遞出其音樂性，同樣熟悉演奏法的觀眾發出了驚嘆之聲。

輪旋曲主題不厭其煩、繁複浩大地展開。彈奏著長達三十八小節的顫音，演奏輪旋曲主題。這也是在技巧上極盡艱難的部分，但岬的琴聲手到擒來地擊倒難關，不斷地反覆主題。

輪旋曲維持著緊張，朝最後衝刺。

終於，爆發的時刻造訪了。

C大調的主和弦演奏著歡喜之聲。岬的手指破壞琴鍵，鋼琴發出垂死的哀鳴，朝巔峰前進。簡直有如暴風雨肆虐。

天生甚至無法換氣。只剩下四小節。岬的手指在鋼琴上彈跳著。

時間啊，停下來吧！

停留在這一刻吧！

最後一擊揮下之後，寂靜造訪。

短暫的沉默流過，緊接著突然爆出土石流般的掌聲。會場內被風暴般的歡呼和掌聲所席捲。

儘管是鋼琴賽，觀眾卻一個個站了起來。

「Bravo！」

「Bravo……！」

岬起身行禮，掌聲仍遲遲沒有停歇。比賽會場變成了獨奏會會場。

岬以得意的笑容回應觀眾，再次行禮。

就在這一刻，天生感覺到他已經成了另一個世界的人了。

3

最後一名參賽者的演奏結束後，天生和其他三人趕往休息室。短暫的休息過後，就會公布審查結果，但他們實在等不到那時候。

D休息室比預賽時更加熱鬧。已經演奏結束的參賽者都聚集在這裡，但反應形形色色，有些人已不抱希望，有些人難掩激動地跟在岬旁邊，也有人從房間角落恨恨地看著他。參加決賽的心態的不同，直接反映在態度上了。

男生們裹足不前，美波推開參賽者們，大步走近岬。

「跟我握手！」

美波也不等對方答應，主動抓起了岬的手。

「之前我完全把你看扁了。對不起。」

「呃，這……」

「有段時期，我認定你就是個冷酷的司法機器，但我大錯特錯。就算在歌手的演唱會上，我也沒有看過那麼狂熱的演奏。原來你是那樣的人。」

「我已經被岬同學嚇過好幾次了，但今天是最大的驚奇。」

羽津慢了一些也跟了上來。

「你到底是何方神聖？」

岬惶恐到幾乎滑稽。和舞台上的他判若兩人。

在這裡的，是平常的岬。天生如此提醒自己，走上前去：

「結束了呢。」

「不。」岬平靜地否定。「現在才要開始。」

這句話讓天生得知了岬的決心。

『各位久等了。現在即將公布第四〇屆全日本鋼琴大賽的評審結果。請叫到名字的參賽者上來舞台。』

休息室的音箱傳來司儀的聲音。在裡面等待的參賽者們留下岬，魚貫走出外面。

『第六名，三橋奏。』

開始公布名次了，但天生有個問題無論如何都必須問岬。

「你說把你召回音樂之路的原因之一，是受到牧部六郎的書觸發。現在你已經可以說出理由了吧？」

「《紅兔子搖滾》的主角紅兔子為了讓世界接納他，必須以其他的顏色偽裝自己。但最後他決定忠於自己的本色活下去。即使這坎坷無比、意味著將曝屍荒野，也在所不惜。那個故事的主題，是找回原本的自己。」

「這我知道，但是這跟筆名有什麼關係？日美子也不肯說明。」

『第五名，挽地俊作。請上台。』

「從出道作到第五部作品，都是牧部先生偽裝自我寫下的故事。所以不是用本名，而是使用筆名，而成為遺作的《紅兔子搖滾》因為暴露出真心，因此刻意不使用筆名。當然，我所說的真心，並非隨處可見的思想信念或政治批判，而是更本質的事物。不，我認為思想信念是用來掩蓋那本質的障眼法。」

「牧部到底偽裝了什麼？」

「已經出版的五部作品有個共通點。民間故事、現代劇、科幻、英雄奇幻，題材雖然多變，但其中描寫的，全都是男性之間的情誼或是緊密的關係。任何一篇故事，都沒有女性介入故事主軸。」

「喂，難道……」

「我想牧部六郎先生應該是一名同性戀者。」

岬這話足以讓天生等人啞然失聲。

「如此一想，許多事都能解釋得通了。牧部夫妻沒有小孩，這或許也是理由之一。在國外，已經漸漸建立起讓性少數族群出櫃的社會氛圍，但是在日本，這方面還算是落後國家吧。尤其牧部先生是繪本作家，如果帶給兒童夢想的作者居然是性少數族群，很有可能會激起保守人士的批判，最重要的是會影響銷量。為了職涯考量，他不得不隱藏自己的性傾向。這一點他的伴侶日美子女士應該也同意。牧部先生死後，她仍然頑固地不願揭露這件事，也是為了保護丈夫的名聲，以及『Makibe Rokuro』這塊招牌。」

『第四名，加古晃。請上台。』

儘管震撼力十足，但確實合情合理。雖然還有些小疑問，但也只能先聽岬說完。

「萬一性傾向曝光，社會生活也有可能連帶受到影響。即使如此，牧部先生還是受夠了偽裝自我，寫下了《紅兔子搖滾》。主角紅兔子，就是牧部先生將自我假托其上的角色。但有人無法接受牧部先生的決定。也就是比牧部先生更害怕他出櫃的人。」

「日美子對吧？萬一牧部告白他是同性戀者，也會害她失去工作。」

「不是的。」

岬再次平靜地否定。

「這或許是命案當晚兩人爭吵的原因，但不可能成為殺人動機。因為如果殺害牧部先生，他的搭檔日美子女士也會失去工作。只因為害怕同性戀的批評讓他們失去工作，就殺害搭檔，這完全矛盾了。」

「那，到底是誰……」

「殺害牧部先生的，就是在這裡的蒲原老師。」

『第三名，光英真凜。恭喜。』

廣播的聲音忽然遠離了。休息室的空氣凍結，羽津和美波訝異地看著蒲原。天生也一樣凍結了。他大受震撼，回看著岬，覺得一定是哪裡弄錯了。

「還以為你要說什麼……」

蒲原笑也不笑。

「你是因為演奏結束，興奮過頭，神智失常了嗎？」

「如果蒲原老師從大學的時候就認識牧部先生，那時候就已經發現他的性傾向了吧。不，我認為蒲原老師就是他的情人。」

「太荒唐了。你到底有什麼證據，才會想出這麼離譜的妄想？再說，我都成家有孩子了。」

「我聽說有許多同性戀者都有家庭，有小孩。我第一個注意到的是，蒲原老師的手錶戴在右手。只要看看辦公狀況，就清楚蒲原老師是個右撇子。右撇子的人，怎麼會把錶戴在右手？有些人是為了時髦，但抱歉的是，這不像蒲原老師的個性。這時我想到在國外，右手戴錶，是很普遍的一種同志暗號。」

不知是否反射性動作，蒲原用左手掩住了錶。

「只因為這樣，就說我是同性戀？」

「同性戀的暗號還有另一樣。我忘了是什麼時候，有一次蒲原老師在我的手裡塞了一張面紙。這也是男性在引誘男性時的暗示。如果只有一個，還可以解釋為想太多，但出現兩個的話，就不得不考慮一下可能性了。」

「……就算退讓百步，我和牧部就像你妄想的那樣，是那種關係好了，但牧部出櫃和我之間，又有什麼利害關係？」

「牧部先生的最新作品《我的戰爭》裡面，主角倫裕想要幫助幾乎被誤認為女生的男生。假設作者是同性戀者，這個設定也有讓人恍然之處，但我注意到的是名字。倫裕（michihiro），是蒲原老師的名字弘道（hiromichi）的易位。」

「這是牽強附會。」

「或許吧。對牧部先生來說，或許是親近的證明，或是出於一點玩心的命名，但如果牧部先生出櫃，一些喜歡穿鑿附會、而且知道牧部先生和蒲原老師是朋友的人讀到《我的戰爭》，想到名字吻合的可能性也並非零。蒲原老師收到過牧部先生的贈書，應該無法忽視這個可能性。我剛才也說過，這個國家對性少數的偏見依然根深柢固，以兒童為客群的繪本作家不用說，如果是檢察官，更會招來偏頗的攻擊。雖然我不認為檢察廳會只因為性少數這個理由就讓一級檢察官坐冷板凳，但檢察廳就和其他政府機關一樣，害怕外界壓力。只要市民的撻伐聲浪大一些，可以輕易想見，蒲原老師會遭遇到各種有形無形的打壓。」

「所以我就殺了牧部？太可笑了。」

「蒲原老師經常拜訪牧部先生家，對吧？如果也會去廚房的話，應該也知道被拿來當成凶刀的柳刃刀放在哪裡。」

「誰會踏進別人家的廚房？再說，凶器上面只有找到日美子的指紋。」

「上面會有日美子女士的指紋，是因為只有日美子女士會下廚。但是，有方法可以保留日美子女士的指紋，並使用凶器。我想那天一定是這樣的狀況。」

『第二名，貴島紀彥。恭喜。』

「牧部先生打算在出版《紅兔子搖滾》的時候出櫃，和日美子女士發生爭吵。日美子女士離家後，牧部先生連絡了蒲原老師。他應該是認為若要出櫃，應該先知會你這個情人一聲吧。你前往牧部家，聽到他的決定，驚慌不已。理由就如同我先前所說。你想要勸牧部先生回心轉意，但才剛和日美子女士大吵一架的他根本聽不進去。被逼急的你看見了廚房的柳刃刀。但如果直接拿來使用，刀柄會留下自己的指紋。你情急之下，用丟在水槽旁邊的保鮮膜包住刀柄，再握住刀柄，走向牧部先生行凶。接下來只要撕下保鮮膜，刀柄上就不會有你的指紋，只留下日美子女士的指紋。殺害牧部先生後，只需要取走留下通話紀錄的手機離開就行了。不慎落下的毛髮和腳印那些。只要說以前曾經來過，就能敷衍過去。」

「我對你真是看走眼了。」

蒲原遺憾地搖著頭。

「我以為你不會受到感情和成見左右，全憑紀錄上的證據建構出理論，才會對你讚譽有加。然而聽聽你那是什麼話？你披露的誇張推理，全是臆測出來的可能性。如果你想要以如此薄弱的根據來糾彈他人，那你根本不適合當一個法律家。」

「不適合當法律家，這一點我也不吝於同意。是基於臆測的可能性，這一點也如同蒲原老師所說。不過儘管微小，但我也是有物證的。」

岬從放在旁邊的皮包，取出應該已經交給瀨尾的信封。

「很抱歉，老師，我暫時借用了一下。」

岬遞出信封，蒲原接過去打開，裡面是一支螺鈿工藝的鋼筆。

「我請縣警的鑑識課比對過了。剛才您說您從來沒有進去過牧部先生家的廚房，但保鮮膜盒子上驗出的指紋，和蒲原老師專用的鋼筆上的指紋完全吻合。」

瞬間，蒲原的表情崩塌了。

原來交給瀨尾的清單上的東西，是保鮮膜的容器嗎？天生這才恍然大悟。

『第一名，岬洋介。恭喜。請上台。』

岬的臉上浮現沉靜的笑容。是距離歡喜十萬八千里，毋寧更接近安心的表情。

「叫到我了，我走了。」

「等一下。」

蒲原叫住走向門口的岬的背影。

「你打算怎麼處置我？」

「我沒有任何打算。」岬說。「我再也不打算糾彈別人，或是制裁別人了。所以不會做出逼迫蒲原老師的事。不過，這裡的三人都是往後將成為法界棟樑的人。如果老師是清白的，請提出說服他們三位的抗辯。如果無法抗辯，請思考您接下來的行止。」

岬說完這些，便前往等待著他的舞台離去了。

4

雖然是一起各種餘味相當糟糕的案子，但唯一的救贖是，決賽隔天，蒲原就向縣警本部自首了。由於蒲原認罪，他被緊急逮捕，檢方也撤銷對日美子的起訴，至少避免了在法庭暴露醜態的慘劇。雖然並未向本人確認，但天生認為，這是蒲原身為組織的一分子，在最後展現的忠誠心。

岬在八月的第二個星期六離開宿舍。天空萬里無雲，彷彿在慶祝這個好日子，卻反而讓天生感到憤恨。

老師和部分研習生拚命想要讓岬回心轉意，但如果岬是個會聽別人意見的人，天生他們也不用辛苦了。益子所長甚至替岬找理由開脫說「只要研習期間沒有收取演奏活動帶來的報酬，就不算違反義務」，但岬的決心不動如山。

「這或許是多此一問，你真的不後悔嗎？」

行李等等已經由搬家業者運走了。至於岬，只帶了一個波士頓包，打理好行裝了。現實的是，不再是同學以後，來為岬送行的只有同組的三人。

「我再也不會後悔了。」

「我們會覺得寂寞。」

羽津看起來有些安心的樣子。

「和岬同學在一起，真的很刺激。我這輩子再也沒有機會和你這樣的人同窗共讀了吧。」

「我以後會當律師，所以下次再會，應該是岬同學因為某些罪行遭人告發的時候吧。」

美波露出調皮的笑容說。

「或是我帶著螢光棒衝去參加你的演奏會。」

「帶螢光棒參加古典音樂演奏會，或許很新穎。」

「玩笑話就到這裡……欸，我說的後悔，是包括你家人的意見。你退出司法研習的事，跟你父親說過了嗎？」

「說啦。」

「他一定覺得很遺憾吧。」

「他跟我斷絕父子關係了。」

岬的語氣太輕鬆，一瞬間天生誤會是「很感動」的意思[9]。

「這樣行嗎？」

「我早已沒有退路了。現在說這些都太遲了。」

坦白說，天生也和羽津一樣，感到安心。天才這種生物，遠遠地欣賞大快人心，但近在身邊，反而經常蒙受麻煩。每次跟岬打交道，都會深切的感到自己的凡庸，所以就

9 日文中，「斷絕親子關係」（勘当，kando）和「感動」（感動，kando）發音相同。

算說天才是瘟神也不為過。

不過即使如此，岬仍有著令人難以抗拒的魅力。

「再會了，各位。謝謝你們的照顧。」

「可以跟我約定一件事嗎？」

「什麼事呢？」

「雖然我不是蒲原老師，但難保以後我可能會陰錯陽差而變成被告。到時候，你要來當我的辯護人。」

「沒有完成司法研習的人沒有律師資格，這一點天生同學也知道吧？」

「沒有律師資格也沒關係，你一定要來救我。你的話，不管透過什麼方法，都一定能拿到律師資格的。」

岬稍微想了一下，點了點頭：

「天生同學不嫌棄的話，就算是從地球背面，我也一定會趕來幫你。」

「就這麼說定囉！」

最後岬和三人握手，轉身離去。

再也沒有回頭。

〈解說後記〉

「傑作森林」這首曲子，
中山七里的指揮技壓全場！

內田剛
- 書店大賞實行委員會　理事 -

中山七里莫非是貝多芬的化身？看著他超人式的創作速度，以及精彩超水準的作品群，我如此揣想，但沒想到他們連生日（十二月十六日）都一樣。多麼宿命的巧合！發現這件事時，雞皮疙瘩都起來了。當中山七里在書名放進「貝多芬」時，就必須特別小心。因為會讓人感覺到宛如以〈海利根施塔特遺書〉宣示決心的貝多芬那種強烈而特別的意志。或許有朝一日，就像音樂教室一定都掛有貝多芬的肖像畫那樣，中山七里的照片也會鎮坐在圖書室或書店店頭。

二〇二〇年是奧運年，同時也是貝多芬二五〇年冥誕，以及中山七里出道十週年的紀念年。「中山七里作家生活十週年紀念」的企畫，內容前所未聞，令人驚嘆。除了讀者限定的全新小說贈品外，還有「你將成為小說角色」活動。光是這樣就有趣極了，還預定每個月推出一本新作品，加上有七本作品推出文庫版，總共會有十九部作品出版！出版社也橫跨十四家，是一場教人嘆為觀止的超級企劃。中山七里每次推出新作品，都青出於藍，但是二〇二〇年的這場企劃活動，完全就是「傑作森林」狀態。是有如顛覆音樂常識的貝多芬、對藝文界來說比奧運更值得矚目的空前絕後活動。

我和中山七里老師，是在《再見，德布西》的書店店員試映會會場上初次見面。在我旁邊一起看電影的同事哭得稀哩嘩啦（我從來沒看過有人哭得這麼慘），還有雖然不同於想像，但笑容親切的中山老師，這些都讓我至今難忘。此後老師只要推出新作品，都會在書店活動中見到他，老師總會帶來豐富的主題和最新資訊，讓我們度過刺激的時光。附帶一提，上一部作品《邂逅貝多芬》出版時，我提供了書腰推薦詞，這對我意義重大，因此雖然害羞，但還是在此一提。

王道的精彩。媲美《皇帝》的威嚴。廣受世人閱讀，才是這部作品的《命運》。宛如精巧玻璃工藝品般纖細的天才苦惱……這個世界充滿了形形色色的聲音。除了宛如由神明引導般悅耳的調和天籟，也有難以入耳的不協和音。因此眾生演奏出來的和聲，才會如此地深邃、動聽。靜謐的《月光》、激越的《熱情》……超越《悲愴》的尾聲亢奮，完全就是一首《歡樂頌》。激起雞皮疙瘩的餘韻真是太美好了！Bravo！！

就像這樣，中山作品對我來說，現在已是貼近生活的一部分，是不可缺少的存在。我個人接觸過許多作家，但中山七里是服務精神最旺盛、最不吝惜展現一切的作家。在寫這篇解說文的時候，我也請老師撥出寶貴的時間，回答我的訪談。我要借用這個篇幅，向中山老師表達謝意，並加入這場訪談的成果。

前面繞了一大圈，這裡就來談談本作品《再會貝多芬》的魅力吧！本作品是第八屆『這本推理小說真厲害！』的得獎作、電影版也大受好評的作者出道作《再見，德布西》開始的系列作之一。主要角色是岬洋介。《晚安，拉赫曼尼諾夫》、《五張面具的微笑：要介護偵探事件簿》（原書名為《再見，德布西前奏曲》）、《永遠的蕭邦》、《邂逅貝多芬》，就如同以作曲家為名的書名，本系列充滿了動聽的音樂。角色交換主角或配角的位置，或有其他系列的角色陪襯，能夠以各種角度閱讀，也是本系列的特色。

亮點實在太多了。與貝多芬的交響曲《田園》一樣，由五章構成，這樣的精妙是其一，角色的個性也是值得一書的特點。在司法研習所相遇的岬洋介與天生高春，這兩人是故事的主軸。在培育司法人員的場所，兩人雖是近在身邊的對手關係，卻都與音樂有著不解之緣。接下來就是「命運」的諷刺。如同電影《阿瑪迪斯》（*Amadeus*）中象徵性地描寫的莫札特與薩列里，這也是天才與凡人、上帝與人類之間相剋的故事。岬不僅在法界血統宛如純種馬，又具備司法考試榜首的天賦異稟實力，同時身為天才鋼琴家，也發揮了受到神明眷顧的才華。相對地，天生原本夢想成為音樂家，卻半途受挫，轉而努力成為檢察官。冷酷俊美、我行我素，個性卻教人討厭不起來的岬，和細心體貼的天生，也是彌補彼此缺點的朋友。乍看之下水火不容，但雖然跌跌撞撞，仍發展出一段友誼，這段過程完全就是青春小說。

但中山文學不會讓它只是一部以青春和友情為主的小說。與其看網路新聞或報章雜誌，閱讀中山七里，更能瞭解這個國家的社會情勢。從好的作家和作品，可以讀出時代的當下及趨勢。本作品亦展現了尖銳剖析現代日本病灶的社會派作家的一面，亦發生了出人意表的案子，施展讓讀者驚奇的「大逆轉的帝王」的中山魔術，可以充分享受到推理小說特有的醍醐味，敬請安心。

主角是司法研習生，因此這個國家的司法是本書重要的主題。司法制度改革後，採用裁判員制度、增加法官及檢察官等，努力擴充司法服務，但是在改革的過程中，人民是否變得更幸福，是值得探討的問題。就和人力一樣，司法亦有極限。在善與惡的交手中，探討何謂真正的正義，這可以說是中山七里的拿手好戲。

細膩的描寫，亦是作品重要的魅力之一。中山老師說司法研習所不為人知的內部以及上課情景，都是他未經採訪，全憑想像力寫出，令人驚奇。而且聽說有畢業的司法研習生讀了表示「讓人懷念」。把行李搬到天生宿舍的場面，幫忙的岬指出紙箱如果用十字交叉的方法封底，箱底會容易鬆脫，這部分也很有意思。從這樣的小細節，就能看出小時候成天搬家的岬置身的環境，細膩的手法令人讚嘆。還有另一個呈現岬的個性的插曲，就是他遇到女生都會看對方手指的場面，令人印象深刻。岬說可以從指甲和皮膚的保養狀態看出平日生活的觀察力，同時也傳授了讀者一眼看出初會對象生活樣貌的技巧。在享受故事的同時，也能獲得有用的知識。

『沒有前奏，貝多芬的《第三〇號鋼琴奏鳴曲》突然開始了。』

很適合為音樂推理小說開場的一段文字。懸疑緊張，臨場感十足。接下來對音樂的描寫，全都宛如在眼前彈奏一般，栩栩如生。最後岬在比賽中彈奏的貝多芬的難曲《第三十二號鋼琴奏鳴曲》的演奏場面，帶來壯烈的亢奮感。逼真寫實，令人屏息，迸發的琴音彷彿跳出紙頁追趕上來，讓人忍不住哆嗦。天生邀請岬去三得利音樂廳欣賞的第五號鋼琴協奏曲《皇帝》的場面也象徵性十足。在觀眾席聆聽演奏的岬正確地運指彈奏，他的表情『像孩童般純真、像哲人般莊嚴、像墮天使般妖艷』。這個場面彷彿可以聽見不可能聽見的琴音，迫力驚人。選曲之絕妙亦教人驚嘆。天生在宿舍房間聆聽心愛的貝多芬CD的場面，播放的是卡洛斯．克萊伯指揮的《田園》，Orfeo唱片公司進口的CD，這個選擇非常出色。『聽到如此破格的第六號，任誰都會大吃一驚』。就如同這段描寫，這是一張夢幻CD。說到克萊伯，是錄音作品極少的知名指揮家，他與維也納愛樂合作的交響曲《第五號（命運）》及《第七號》是較容易買到的作品，但中山七里刻意選擇了極罕見的《第六號（田園）》。從文脈就可以看出這是資深樂迷的選擇，令人開心。我個人覺得自由自在地操縱交響樂團，表情宛如愉悅兜風的克萊伯的指揮樣貌很帥氣，非常喜歡，也完全將他和自在操縱小說角色的作家中山七里重疊在一起。

音樂與法律。這部作品由兩個迴異的主要素所構成。也可以說音樂象徵感性、法律象徵理性。上天賜與的音樂具有改變人的力量，而人類創造的法律，具有改變社會的力量。失去任何一邊，人與社會都會失去平衡。

《再會貝多芬》做為單獨的作品來讀也精彩跌宕，但這也是通往下一部作品的序曲。在最後預告的新作品，書名是《合唱　岬洋介的歸還》。我拜讀了劇情大綱和開頭部分，短短數頁便引人入勝，將讀者帶進故事世界中，散發出傑作的氣息，甚至讓人感到不凡的風格。光是看到「歸還」二字，便令人期待不已，但不只是這樣而已，聽說這部作品將有中山作品所有的角色登場，是「中山版復仇者聯盟」。會是一部凝縮了中山七里至今為止的全部資歷、名符其實的作家生活十週年紀念作。獨奏便已極度滔滔雄辯的角色們，究竟會合奏出什麼樣的合唱，令人期待不已。站在指揮台上的，是我們的貝多芬中山七里。如《英雄》般威風、如《皇帝》般華麗而《熱情》地揮舞指揮棒，毫無疑問，他一定會將全世界帶往歡喜的漩渦。

讓我們一起來期待，又登上更高巔峰的中山七里會為我們準備什麼樣的安可曲吧！

二〇二〇年三月

- 351 - 「傑作森林」這首曲子，中山七里的指揮技壓全場！

PL00088

再會貝多芬

作　者—中山七里
譯　者—王華懋
編　輯—黃煜智
校　對—魏秋綢
插　畫—北澤平祐
裝禎設計—陳恩安

總編輯—龔橞甄
董事長—趙政岷
出版者—時報文化出版企業股份有限公司
108019台北市和平西路三段二四〇號七樓
發行專線—（〇二）二三〇六六八四二
讀者服務專線—〇八〇〇二三一七〇五
（〇二）二三〇四七一〇三
讀者服務傳真—（〇二）二三〇四六八五八
郵撥—一九三四四七二四時報文化出版公司
信箱—10899臺北華江橋郵局第99信箱
時報悅讀網—http://www.readingtimes.com.tw
思潮線臉書—https://www.facebook.com/trendage
法律顧問—理律法律事務所　陳長文律師、李念祖律師
印　刷—勁達印刷有限公司
初　刷—二〇二一年二月十一日
定　價—新台幣四八〇元
（缺頁或破損的書，請寄回更換）

時報文化出版公司成立於一九七五年，
並於一九九九年股票上櫃公開發行，於二〇〇八年脫離中時集團非屬旺中，
以「尊重智慧與創意的文化事業」為信念。

再會貝多芬 / 中山七里著 ; 王華懋譯 . -- 初版 . -- 臺北市
: 時報文化出版企業股份有限公司 , 2022.02
352 面 ; 14.8×21 公分
譯自 : もういちどベートーヴェン
ISBN 978-957-13-9658-3(平裝)

861.57　　110018370